涼宮春日的暴走
谷川流

夏天到了！

夏天到了呢～

……夏天。

呵!
涼宮春日的暴走
谷川流＆いとうのいぢ
麥拉!

涼宮春日的暴走

谷川流

涼宮春日的暴走

CONTENTS

封面、內文插畫／いとうのいち

序章・夏天

這是於讓人嘆息連連的電影還沒開拍前，高中還在放夏季長假時所發生的事。

從在孤島演出荒謬推理劇的ＳＯＳ團夏日合宿活動回來後，又過了好幾天，我才總算嚐到何謂放暑假的樂趣。

這次的（自稱）合宿活動，說穿了就和強行擄人沒兩樣。原本心想反正暑假還長得很，就只有頭幾天睡到過午才起床也不至於被唸吧，結果，都是那個沒耐性兼沒良心的團長將出發日期定在暑假頭一天，讓我天衣無縫的計畫綻了線。托那女人的福，待我的身體切換到往年的暑假模式時，七月已經剩沒幾天了。

不用說，從學校揹回來的暑假作業小山，我一點也不想剷平它。反正八月份再做也來得及，於是七月份就在我東混西混中混掉了。孰料一進入八月，我就陪著精力旺盛的野丫頭小妹下鄉去，跟許久不見的堂兄弟表姊妹外甥姪女或在山上或在河邊或在大草原中整整玩掉兩個禮拜。玩到身心俱疲，就算有人罵我活該，我也認了。

自然，對於不想動工的暑假作業，我就像是有學習能力的鳥類會避開毒蛾的幼蟲一樣，連碰都不去碰。結果作業一題都沒寫，日曆上倒是刻滿了我去遊山玩水的紀錄，不知不覺間，八月份已經過了一半……

「那個」似乎……

也在暗中開始活躍了。

漫無止境的八月

好像怪怪的。

我察覺不太對勁，是在盂蘭盆會（註：日本盂蘭盆會類似我國的中元普渡，舉行的日期和活動是因地制宜，但多是在八月十五日前後舉行盛會。）結束後的盛夏某一天。

當時，我人正坐在家裡的客廳，有一搭沒一搭地看著電視台轉播我沒啥興趣的高中棒球賽。這都要怪我自己，沒事幹嘛在中午前就睡醒。儘管閒得發慌，我還是沒有力氣去面對那堆暑假作業小山。繼續百無聊賴地看電視打發時間。

電視上播出的，是和我無緣也沒份的縣大賽，但基於同情弱者的心態，我不自覺的聲援起以0比7節節落敗的那一方。沒來由的，我突然有個預感，覺得春日又在蠢蠢欲動了。

我有好一陣子沒見到春日。因為我帶老妹遠征老媽的鄉下娘家避暑兼掃墓，昨日才剛凱旋歸來。這是我們家年年少不了的行程，況且暑假期間，我和SOS團的成員們本來就沒什麼機會碰面，沒見到春日也是理所當然。再說暑假頭一天，我們捨命陪君子到怪怪的孤島、淌怪怪的渾水的SOS團夏日合宿活動早就謝幕了。就算春日再愛搞怪，也不至於搞出小旅行第二彈吧。

今年夏天有那麼一次回憶就夠她回味的了。

「話再說回來……」

就在我自言自語時，不知是什麼原因，我那支無聲無息的手機，突然——真的是突然——手機吊飾不小心被我的手指勾到身邊來的當兒，發生了一件事，讓我開始懷疑是否有人在我家裝了針孔攝影機。

就在這個只能說是分毫不差的湊巧時機，我的手機忽然響起了來電的鈴聲。搞不好我有預知能力喔！——這念頭在我的腦海閃過，旋即又被我搖頭否認。太蠢了。

「她又想幹嘛？」

來電號碼顯示的，正是涼宮春日的手機號碼。

我讓手機響了三巡之後，才慢條斯理地按下通話鈕。而且我早已料到春日會說什麼，我對這樣的自己也感到很訝異。

『你今天閒閒沒事吧？』

這是春日蹦出的頭一句。

『兩點整，全體在車站前面集合。一定要來喔！』

她一說完就掛斷。既沒有季節性的寒暄，也沒有家常性的問候，甚至沒有確認接手機的人是不是我。最重要的是，她怎麼知道我今天閒著沒事幹？別看我這樣，我好歹……算了，我今天也確實沒什麼事要做。

手機再度響起。

「幹嘛？」

『我忘了交代你要帶什麼東西。』

接著她就像連珠砲似的，快速交代完畢。

『另外，記得騎腳踏車來，還有記得帶足夠的錢。ＯＶＥＲ♪』

掛斷了。

我丟開手機，歪頭思索起來。這是怎麼回事？這種像是延續夢境般的奇異感覺又是什麼？

電視傳來清脆的響聲，我定睛一看，內心視為敵方隊伍的得分，已堂堂邁入二位數。鋁棒擊中棒球的聲響毫不留情地對我宣告這個事實。

夏天也接近尾聲了。

開著冷氣，門窗緊閉的屋內，不時從牆上流洩出油蟬的大合唱。

「真拿她沒辦法。」

春日那死女人，一放暑假就以合宿為名目，將我們帶到怪怪的孤島上還不夠嗎？今年夏天又熱得要命，她到底想幹嘛？我可一點都不想離開冷氣房。

怨歸怨，我還是乖乖走向衣櫃，拿她交代的物品。

「阿虛，你很慢耶！拜託你有點幹勁好嗎？」

涼宮春日不停甩著塑膠提袋，不悅地用食指指著我。這女人果然還是老樣子。

「實玖瑠和有希和古泉，都比我早到。而你居然讓團長苦等，存的是什麼心呀？你要接受處罰！處罰！」

最後一個出現在集合地點的人是我。我已經比預定時間早到十五分鐘了耶。看來其他人早就知道春日會call我們出來，才能以這種神速齊聚在這裡。拜這群先知所賜，每次都是我請客。我老早就習慣了，也死心了。充其量我只是個平凡的小老百姓，想要領先擁有特殊背景的這三人根本是不可能的任務。

我不理春日，朝一本正經的團員們舉手示意：

「抱歉，讓你們久等了。」

其他兩人沒招呼不打緊，這個人我可不能有半點疏忽。在飾有高雅緞帶的帽子底下，朝比奈實玖瑠學姊綻開溫暖的笑靨，對我點了點頭。

「不要緊，我也才剛到。」

朝比奈學姊雙手拿著籃子。裡面好像放了什麼值得期待的東西，讓我不禁也期待了起來。真希望能一直沉浸在這種愉悅的氣氛裡，偏偏程咬金不識相地破壞了氣氛。

「好久不見。上次闊別後，你又出外旅行了嗎？」

古泉一樹露出閃閃發光的潔白牙齒，朝我豎起大拇指。即使暑假過了大半，他的笑臉看起來還是一樣別有企圖。你不會也出去旅行喔！幹嘛春日一吆喝，就忙不迭地趕來？況且又來得這麼早，越想越可疑。偶爾拒絕那女人一次會死啊！

我的視線越過古泉開朗的偽善者面孔，打橫朝旁邊前進。站在那裡的，是活像古泉影子的長門有希面無表情的無機質身影。穿著高中的夏季制服，滴汗未冒，站得直挺挺的身影已是我熟悉到不能再熟悉的光景。我真的很懷疑她到底有沒有汗腺。

「…………」

長門有如在盯著不動的老鼠玩具般抬頭看我，緩緩點了點頭。應該是在跟我致意吧。

「全員都到齊了，出發吧！」

對春日的發號施令，我基於義務感，問了一下。

「去哪裡？」

「除了市立游泳池，還會是哪裡？」

我低頭打量自己右手拿著的，裡頭裝有毛巾和泳褲的運動背包。算了，我早就猜到是要去游泳池了。

「夏天就要有夏天的樣子，一定要做些夏日活動。在寒冬會開心戲水的也只有天鵝和企鵝吧。」

那一掛的一年到頭都在戲水，那是習性問題，無所謂開不開心。我也不是三言兩語列舉比喻失當的動物就能打發的人。

「時光稍縱即逝，想到就要馬上行動！這可是一生唯有一次的高一暑假耶！」

跟往常一樣，春日似乎不打算聽取別人的意見。其實基本上除了我以外，另外三位團員從來就不會浪費力氣給予春日任何意見，所以她每次置若罔聞的，都是我的意見。當然就常理而言，春日是不講理了點；但是團內有常識的人就我一個，才會造成這種命運。真是討人厭的命運啊。

當我正在分析命運和宿命有何不同時——

「現在，騎腳踏車到游泳池去！」

春日的聖旨已經下達，明明沒人贊同，卻肯定會強制執行。

詢問之後，我才知道古泉也被交代要騎腳踏車來。女生三人組則是徒步走到這裡會合。順帶一提，腳踏車有兩輛，SOS團成員卻有五人。那女人不知有什麼打算？

只見春日神情愉快地說明：

「一輛兩人共乘，一輛三人共乘，就剛剛好啦。古泉，你載實玖瑠，我和有希給阿虛載。」

於是，我死命地踩著踏板。天氣熱得讓我汗如雨下，我還可以忍受；不過從剛才就一直在我後腦勺不停放送的，疑似擴音器音量調整機能故障的聲音，就讓我快抓狂了。

「阿虛！看到沒有？你被古泉追過去了！踩快一點！再快、再快，追上去！」

汗水朦朧了我的視線，我只隱約看到朝比奈學姊側坐在古泉的腳踏車後座，含蓄地對我揮手致意。為什麼古泉可以載佳人，我卻得載怪人？我幾乎要認為，不公平這個詞彙就是源於我目前的狀況！

我的腳踏車和兩腿，可說是處在忍辱負重的狀態下。坐在後座的是長門，而站在後輪的腳踏上，手抓住我兩肩的是春日。乍看很像是在耍三人共乘特技。ＳＯＳ團準備轉型成為雜耍團了嗎？

順帶一提，上路前，春日曾經如此告訴我：

「有希很嬌小，體重也是若有似無。」

這話一點都沒錯。我不曉得長門是將自己的體重歸零，抑或是使用了反重力，總之我載起來的感覺，好像只有載春日一個人似的。唉，就算長門會控制重力，我也不會太吃驚。我反而想知道有什麼事是她辦不到的。

不過如果她能順便處理一下春日的體重就更好了，因為我的背部和肩膀都明顯感受得到那女人沉重的力道。

越過朝比奈學姊的頭往後望的古泉，露出了若隱若現的可恨笑容。讓我更加感受到這世間的無常，忍不住像巴爾扎克（註：Honor de Balzac，1799～1850，法國現實主義小說家。受到但丁的「神曲」（原文是神聖喜劇）影響，創作了一部描寫法國社會各階層人物，長達九十篇的小說，題名為「人間喜劇」。）一樣自我解嘲了起來。可惡！回程我絕對要極力爭取載朝比奈學姊，享受兩人共乘的幸福滋味！相信我這輛淑女腳踏車，也和我有相同的想法。

市立游泳池的設備相當簡陋，簡陋到招牌換成貧民游泳池還比較恰當。因為它就只有一個五十公尺寬的池子，附設一個兒童專用、水深十五公分的大水窪。

會來這種游泳池戲水的高中生多是無處可去的無聊人士，也就是我們。其他人清一色就是小朋友和他們的爸媽——尤其是媽媽們。我一看到游泳池內淨是帶著游泳圈，年紀只有個位數的小鬼頭，頓時就什麼幹勁都沒了。看來唯一能讓我的視神經充分獲得享受的人，就只有朝比奈學姊。

「嗯～這消毒水的味道實在很難聞。」

在大太陽底下，身穿深紅色Tankini泳裝（註：上半身是連身泳裝形式，下半身是比基尼泳褲的新型態泳衣。）的春日閉上眼睛，鼻子嗅個不停。她拉著朝比奈學姊的手，走出了更衣室。單手拿著籃子的朝比奈學姊，穿的是鑲上類似兒童泳裝飄逸滾邊的連身泳裝，長門則是穿素色，沒啥花樣的競賽用泳裝。這兩人的泳裝應該都是春日挑選的。對自己的服裝不注重，對他人（尤其是朝比奈學姊）的服裝倒是講究得要命。

「找個地方放好行李，就去游泳。我們來比賽！看誰最快游到泳池的另一端。」

春日做出像小孩一樣的幼稚發言後，就噗通一聲跳進泳池裡，連暖身運動都沒做。這女人是不識字啊？沒看到這裡到處貼有「禁止跳水」的警告標語嗎？

「快下來啦！水溫溫的，好舒服！」

我聳聳肩，和朝比奈學姊對看了一眼，就走到附近陰涼的地方鋪海灘巾、放包包。

泳池裡的小鬼頭，就像不正常的水黽（註：昆蟲綱半翅目水黽科。中腳和後腳比身體還長，能在水面上滑行，捕食落到水面上的昆蟲。）般覆蓋在水面上，想直行游到對岸根本不可能。在如此惡劣的環境下執行的五十公尺團員自由形式對抗賽，結果並不令人意外，無論如何都肯定會由長門奪魁。

這傢伙好像並沒有換氣，直接潛到池底去匍匐潛行。她讓水珠不斷從貼在臉頰上的短髮滴落，同時默默地守在終點等候我們抵達。不消說，吊車尾的當然是朝比奈學姊。她時而要站起來換氣，時而要將漂到身旁的海灘球丟回去，自然花了相當於長門十倍左右的時間才抵達對岸。抵達時已經是上氣不接下氣。

「說什麼運動可以消除煩惱，根本是騙人的！身體歸身體，頭部歸頭部。因為身體不用思考也可以動，但是頭部不思考就不會運轉。」

春日露出了理直氣壯的神情，繼續說道：

「因此，我們再比一次。有希，這次我不會輸妳的！」

沒有人教妳「因此」這個接續詞不是用在這種場合的嗎？這是哪門子的歪理啊？妳只是單純的不服輸罷了。硬要將一次勝負拗成妳贏為止的延長賽。

因此，我萬分期待長門能讀出氣氛的不尋常，接著從游泳池上來。要比妳們自己去比，我在池畔當場外觀眾就好。我賭長門贏，有人要押春日嗎？

春日和長門在五十公尺長的游泳池往返了五次，後來就演變成ＳＯＳ團的女子三人組和正好待在那裡的小學生集團一起玩水球。完全插不上手的我和古泉，乾脆坐在池畔看她們戲水，因為也沒別的好看。

「她們玩得好開心。」

古泉看著春日她們。

「真是歡樂滿人間，一片祥和。你覺不覺得，涼宮同學也學到了正常人的娛樂方式？」

聽起來他像是在跟我說話，我只好回應他。

「突然打電話來，將想說的話一股腦兒說完就掛斷，這種邀請方式哪裡正常了？」

「不是有句話說，擇期不如撞日嗎？」

「問題是那女人每次撞的日，哪次是黃道吉日了？」

我的腦海浮現出草地棒球賽以及大得不像話的蟋蟀。

古泉笑著說：

「話是沒錯，但我認為這樣就算是相當和平了。看到涼宮同學笑得那麼開心，想必不會再做出動搖全世界的事情才是。」

但願如此。

我故意吁了一口長氣，接著又補上一記冷哼。

——這時，古泉露出了奇特的表情。那是我不熟悉的表情。也就是說，是微笑以外的表情。

「嗯？」

古泉的眉頭突然皺了起來。

「怎麼了？」我問。

「沒事……」

向來咬字清楚的他難得含糊其詞，一副欲言又止的模樣；但他的笑容很快又回到臉上。

「大概是我多心吧。從春天起事情就一波接一波發生，我也變得有點神經質了。啊，她們上來了。」

我朝古泉所指的方向看去，春日正像隻要去餵食小企鵝的國王企鵝大搖大擺走來，而且一臉笑咪咪的。朝比奈學姊和長門，則像是要追隨離城出走的公主似的，從後頭跟了上來。

「差不多該吃飯了。今天的大餐可是實玖瑠親手做的三明治。以市價來算的話，五千圓絕對跑不掉。上網拍賣競標到五十萬也不足為奇。免費讓你吃到這種好料，應該要好好感謝我才是。」

「真的非常謝謝妳。」

我從善如流地說了，只不過是對朝比奈學姊說。

古泉也學我鞠了個躬。

「真是萬幸。」

「不不，哪裡。」

朝比奈學姊害羞地低下了頭，手指頭忸怩不安地動著。

「我也不知道做得好不好……假如不好吃的話，請勿見怪。」

不可能會不好吃的。由朝比奈學姊的蔥纖玉指用心調理的餐點，不論是於何時在何地用什麼材料怎麼做的，都是人間美味。畢竟在這個時候，5W1H（註：5W即What（什麼）、When（在何時）、Where（在哪裡）、Why（為什麼）、Who（誰）；1H即How（如何做））當中最重要的就是Whodunit（註：「Who done it」的略稱）的部分。

於是，我因為能品嚐到朝比奈學姊親手做的綜合三明治而感動得無以復加，以致於嚐不出味道的好壞。反正只要是她做的都好。連她從保溫瓶倒給我喝的溫熱日本茶，雖然和三明治不對味，我也甘之如飴。甚至她滴落的香汗，我都覺得讓人心曠神怡。

春日三兩下就掃光了自己的份，似乎急著要發散身體蓄積的熱能——

「我要再去游一會兒。你們吃完後也來游。」

一吩咐完，就再度跳進游泳池裡。

那女人真厲害，在滿是障礙物的泳池裡也能如入無人之境。看來人類海中進化論不見得是錯的。我相信春日的遠祖就算只穿著衣服被丟到月球表面，照樣有辦法生存下來。

過了一會，除了慢條斯理安靜用餐的長門，我們三人就像在求偶的海狗一樣，朝在水中漫舞的春日游去。這回，春日又和小學女生的集團打成一片，玩起了水中躲避球。

「實玖瑠！快來啦！這邊、這邊！」

「是。」

才悠哉地點頭稱是沒多久，朝比奈學姊就被春日的海灘剛速球擊中臉部，沉入水裡。

差不多過了一個小時，我和古泉才從泳池上來，像是被幼童活潑的尖叫聲壓倒似的晾在池畔。

怎麼看，我們都與此地格格不入。春日到底在想什麼，什麼地方不挑，偏偏挑到設備如此陽春的市立游泳池。我不會要求增設滑水道，不過應該還有更適合健全高中生出遊的場所才對呀。

我知道肌膚在炙熱的豔陽下會快速累積黑色素，想到長門是不是會來作日光浴開始四處搜尋時，就見到那位個頭嬌小的短髮無言女坐在剛才放行李的陰涼處一動也不動，機敏的雙眸定睛望著天空。

一如往常的姿勢。不管走到哪裡都不會改變，像土偶一樣靜止不動的長門的身影——

「嗯？」

一絲疑惑爬上了我的心頭，頓時又消失無蹤。那種怪異的感覺又回來了。有那麼一瞬間，我覺得長門似乎很無聊，還有似曾相識的感覺。而且接下來會發生什麼事，我好像都經歷過了。對了，春日還會說出這樣的話——

「這兩人是我的團員。我說東，他們絕不敢往西。有任何事都可以找他們。」

我再度看向游泳池，發現春日帶著一群小女生來到了我們的跟前。

可能是陪活潑好動的小學生玩累了，朝比奈學姊將下巴靠在水面上，閉目養神去。比小學生還要無憂無慮，精神百倍的春日，睜著閃亮的星眸，對著我和古泉說：

「快來玩啦。我們要踢水中足球，需要兩個男生當守門員。」

我正想詢問那是什麼樣的比賽、規則如何時，那種似曾相識的感覺就消失了。

「……嗯。」

我敷衍地應和了一聲，站起身來。古泉也面帶微笑地加入了小朋友的圈子。

剛才的不協調感，已經不復見。

嗯，算了。這種事常有。平時我也常常會覺得某個情景好像在夢中見過。加上這座游泳池，我小時候也來過。說不定是和小時候的記憶重疊了。不然就是大腦的資訊傳導程式出了點小狀況。

我將在附近漂流的海豚型游泳圈推回去，同時去追春日一記頭鎚鎚飛的海灘球。

我們玩到累翻天，才總算離開了市立游泳池。回程我也繼續耍三人共乘特技，古泉照樣演他的青春雙人座物語。無怪乎人心會變得狂亂不已。

很淑女地坐在後座的朝比奈學姊，皮膚的白皙更襯托出臉上某部分的紅暈。看到她一隻手抱著跨坐的那位司機的腰部，我的心又更加狂亂。側耳傾聽，搞不好真的會聽到呼嘯吹過荒野、劃破天際的風聲。

我照著春日的指示，騎腳踏車彎進彎出，結果回到了車站前的集合地點。

啊，原來如此。我得掏腰包請大家吃東西才行。

在咖啡廳坐定後，我將冰冷的小毛巾敷在頭部，癱軟在椅子上。這時——

「我定好了接下來的活動計畫，你們看一看。」

春日在桌上慎重地放下一張紙後，就用食指指給我們看。那是從筆記本撕下來的Ａ４紙張。

「這是要幹嘛？」

春日有點得意地回答我的問題：

「這是如何度過為期不多的暑假的預定表。」

「誰的預定表？」

「我們的，算是ＳＯＳ團夏日活動特別篇！」

春日一口氣喝光了冷飲，跟店員要求續杯之後，又說：

「我突然發現，暑假只剩下兩個星期就結束了耶，讓我相當錯愕。這實在很糟糕！該做而沒做的事情還那麼多，時間卻只剩下這麼一滴滴。只好從現在開始補救啦。」

春日手寫的計畫書上，寫著下列的文字。

○「暑假非做不可的事項」

・夏季合宿。
・游泳池。
・盂蘭盆會。
・煙火大會。
・打工。
・天體觀測。
・打擊練習。
・採集昆蟲。
・試膽會。
・其他。

暑假熱。

八成是有那一類的熱病，從某處的叢林悄悄散播開來，然後以蚊子或什麼東西為媒介傳染給人體。我對吸了春日血的那隻病媒蚊深表同情。想必是因食物中毒而隕落了吧。

在上述項目中，夏季合宿和游泳池上頭都劃了個大叉叉。看來是已達成的記號。

也就是說，這女人是準備在接下來不到兩週的時間內，將這上頭的項目一一完成。而且上面還備註了個「其他」項目。意思是她還有沒列出來的？

「等我想到了再加上去。目前我只想得到這些。還是你有沒有想做的？實玖瑠呢？」

「呃……」

我對認真思索起來的朝比奈學姊，不停地使眼色打ＰＡＳＳ。拜託妳別提出太生猛的主意……

「我想要撈金魚。」

「ＯＫ！」

春日拿出原子筆，在清單上添下一筆新項目。

接著她又徵詢了長門和古泉的要求。長門默默搖頭，古泉則是面帶微笑的堅拒。真是明智的抉擇。

「對不起，請借我看一下。」

很快就將冰歐蕾喝光的古泉，拿起那張筆記本紙頻頻審視。一副若有所思，又思不出所以然的神情。像這樣的活動列舉是讓他想到了什麼嗎？

在長門無聲無息地用吸管喝汽水，喝了好一陣子之後——

「謝謝。」

古泉將春日自稱的計畫表放回桌上，略微歪頭繼續思索。他到底想幹嘛？

「就從明天開始進行。明天也約在這個車站前集合！明天這附近哪裡要舉行盂蘭盆會？煙火大會也行。」

妳不會自己先調查好再來進行啊！

「我來調查吧。」

就只有古泉會買她的帳。

「我一查到就聯絡涼宮同學。總之現在先找盂蘭盆會，以及煙火大會的舉辦場地是吧？」

「別忘了還有撈金魚喔，古泉。這可是實玖瑠唯一的願望。」

「那我就盡量找盂蘭盆會和廟會合併舉行的地方。」

「嗯，拜託啦。這件事就交給你囉，古泉。」

春日好心情地將飄浮冰咖啡的冰淇淋一口氣吃掉，然後小心翼翼地將筆記紙折好，活像那是什麼藏寶圖一樣。

在我掏錢買單時，春日像個大賽在即的慢跑選手跑出了店外。可能是要儲存能量，以備明天蓄勢待發吧。拜託她要嘛就一次爆發，不要細水長流，省得我們還要收拾殘局。

四名團員各自解散，在大家差不多都走遠後，我喊住了其中一人的背影。

「長門。」

應我的呼喚，穿著夏季水手服的有機人工智慧機器人轉過身來。

「……………」

不發一語，面無表情地看著我。白皙臉龐上睜得大大的無機質雙眸，看不出是拒絕或是接受。

不太對勁。雖然長門不是今天才面無表情，但我就是覺得今天的長門怪怪的，然而怪在哪裡，我卻又說不上來。

「沒事……」

叫住她之後，我才想到其實也沒什麼話要對她說。不免顯得有點狼狽。

「真的沒什麼。妳最近過得怎樣？還好嗎？」

實在想不出要說什麼，只好寒暄一下充場面。

長門眨了眨眼睛，接著輕輕地——輕到要用分度器才測量得出來的程度——點了點頭。

「我很好。」

「那就好。」

「是嗎？」

似動非動的凝固臉蛋，似乎又更加凝固了……不，正好相反，感覺柔和了許多……哪來如此矛盾的想法？我自己也不明白。也許人類的識別能力就是這麼差，大家姑且聽之就好。

結果，我一直找不出話來說，就只好隨便說了句道別的話，背對長門逃也似的離開。

不知為何，我就是覺得那麼做會比較好。我跳上腳踏車騎回家，吃完晚餐後就去洗澡，洗完澡就看電視，看著看著就睡著了。

隔天一早，又是春日的來電吵醒了正在睡懶覺的我。

找到盂蘭盆會的會場了。時間就在今晚，地點是在市內的市民體育場。

據她說是這樣。

怎麼會這麼嘟嘟好？當我對這樣的天時地利佩服不已時，春日接著又說：

「大夥要一起去買浴衣。」

聽起來像是要開始照表操課了。

「我本來是打算在七夕那天叫大家穿上的，卻不小心忘記了。當時的我真不知是怎麼了。幸好日本有連續兩個月穿浴衣的民俗，得救了。」

誰得救了？

順便一提，現在是大白天。我才在想晚上再集合就好了，那女人七早八早就來叫人原來為的是這樁。於是，和昨天一樣，威風凜凜的春日、楚楚可憐的朝比奈學姊、無言長門以及笑面古泉，又紛紛來到老地方集合。

「實玖瑠和有希都沒有浴衣，我也沒帶。剛好我經過商店街時，看到有店家正在出售成套的浴衣木屐組，待會繞過去買就好了。」

我看著朝比奈學姊和長門的身影，開始幻想那兩人穿起浴衣會是什麼模樣。

唉，夏天嘛。

我和古泉穿身上的便服就行。男孩子嘛，要穿浴衣到旅館穿穿過過乾癮就好。何況男生穿浴衣又沒什麼看頭。

「是啊，古泉穿浴衣一定很搭。至於你嘛……」

春日嗤之以鼻地將我從頭到腳打量了一遍……

「好，走吧。」

接著就拿起自備的團扇對我們發號施令：

「目標，浴衣賣場！」

春日一路直衝進女裝量販店，自作主張地幫朝比奈學姊和長門挑好了花色後，又直衝試穿室。

長門以外的兩位女生都不知道怎麼穿浴衣，只好請女店員幫忙，這可花了不少時間。我和古泉在擺滿女裝的展示櫃周圍閒晃了好久，那三個女生才好不容易出現在穿衣鏡前。

春日的和服花色是華麗的扶桑花；朝比奈學姊的是五顏六色的金魚；長門的則是單調的幾何圖案。三人的浴衣模樣都各有千秋，一時之間，我竟不曉得該先看誰好。

女店員偷偷打量我和古泉，彷彿在猜測：「誰是哪位小姐的男朋友呢？」真不巧，都不是。姑且不論古泉，我充其量只是個跟班。這時候我是不是該覺得有點小遺憾呢？

算了，只要見到朝比奈學姊浴衣版，我就今生無憾了。春日和長門穿浴衣也很合適，各有各的風情，但真正要我形容的話，我又形容不出個所以然。

「實玖瑠，妳……」

春日見到朝比奈浴衣版的驚喜，並不亞於我：

「好可愛喔！我真是太佩服我自己了，我的眼光真不是蓋的！妳穿浴衣的模樣足以迷倒全天下九十五%的男人！」

剩下的那五%是怎麼回事？

「這是因為再可愛的女生也無法使真正的ＧＡＹ動心。一百個男人之中差不多就有五個人是ＧＡＹ。這點請牢牢記住。」

我不認為這有記住的必要。

朝比奈學姊似乎也不否認自己的可愛，頻頻在試穿室的鏡子前轉身審視自己的穿著。

「原來這就是這個國家的古典民族服飾啊。雖然胸部有點緊，穿起來還滿好看的……」

這是春日逼她穿上的扮裝衣物中，最高級也最正點的服裝。既沒有兔女郎裝那樣暴露，也不像女侍服那般突兀，是在這個季節穿上街不會有人側目的正常衣著，就像是夏季的象徵。而且這身衣服跟她實在太速配。感覺就像自己的妹妹在穿浴衣似的，只是腰帶以上太過豐滿，但是——只要可愛都好。朝比奈學姊身上散發出可對世間一切寬大為懷的神聖光芒。就算她是銀行搶匪的主謀，我也會為她辯護。假如是春日，我就不確定了。

拜毫無時間分配能力的春日將我們一大早叫來之賜，離盂蘭盆會還有一大把時間。大夥只好聚集在站前公園打發時間。春日幫朝比奈學姊和長門綁頭髮。像人偶乖乖坐在長椅上一動也不動的那兩人和她們不時在變換的髮型，美得讓我實在很想用相機連環拍下那一個個如詩如畫的鏡頭留念。一直等到日薄西山，我們才前往市民體育場排隊。

日落前就相當熱鬧的盂蘭盆會現場，不知從哪冒出來的市民一波接一波地湧入。想不到竟然可以聚集這麼多人潮。

「嘩！」

直率地感嘆出聲的是朝比奈學姊。

「…………」

不管發生什麼事，都毫無反應的是長門。

雖說我很少看到人家跳現場，但那種感覺又來了。問題這可是盂蘭盆舞耶。為什麼我連這個都覺得以前就看過——

「嗯？」

又來了。似曾相識感又如偏頭痛襲來。我已經很久沒來這裡了，卻老覺得最近好像來過。搭建在體育場中央的高台、周圍櫛比鱗次的廟會小攤，都覺得好熟悉……

可是，就在我好像快抓住碎成片片於空中飛舞的蜘蛛絲時，那種感覺又溜走了。

我聽到了春日的聲音。

「實玖瑠，這裡也有妳想玩的撈金魚攤喔。妳就拚命地去撈。只要撈到黑色凸眼金魚就能加兩百點。」

春日擅自定好規則後，就拉著朝比奈學姊的手衝向撈金魚攤的水槽。

「我們也去玩吧。比比看誰撈的多好嗎？」

我搖頭否決了遊戲迷古泉的提案。即便將金魚帶回家，我也沒有水缸可以養。我對各處芳香四溢，叫人食指大動的小吃攤販還比較有興趣一點。

「長門呢？想不想吃什麼東西？」

沒有一絲笑意的眼睛凝視了我好一會，又緩緩地移動視線。在她視線前方的，是賣面具的攤子。她對那種東西有興趣啊？這傢伙的喜好真難以理解。

「算了。我們先逛一圈看看。」

擴音器像在誦經一樣，響起了Easy Listening風格的慶典音樂。受到音樂的誘導，我帶著長門走向面具攤，也覺得古泉牌電燈泡的亮度強了點。

「雖然大豐收，但我不需要那麼多，就只要了一隻。實玖瑠一隻都沒撈到，我就送她了。」

朝比奈學姊的手上吊著一個小塑膠袋，裡面有一隻再普通不過的橘色小金魚，悠哉悠哉地游著。緊緊抓著塑膠繩的朝比奈學姊，一舉一動都可愛的不得了。看到她另一隻手拿著蘋果糖葫蘆，讓我決定也買一個回家送老妹。偶爾討老妹歡心也不錯。

春日則是左手拿著顆水球拍個不停，右手捧著盛章魚燒的盤子說：

「一個人只能吃一個喔。」

如此對我們略施小惠。當我正在品嚐塗滿醬汁的章魚燒時——

「咦？有希。那個面具是哪來的？」

「買的。」

長門直盯著叉在章魚燒上的牙籤低語。橫掛在她頭側的，是來自光之國的銀色宇宙人面具。那是第幾代我搞不清楚，但我想外星人的波長或多或少都有重疊，讓她從浴衣袖口掏出蛙嘴式錢包買下的面具就是那個。

長門對我那麼照顧，照理說這點小東西我應該要買下來送她才是，不過長門默默拒絕了，自己掏錢出來買。對了，這傢伙的收入都是打哪來的？

高台四周，圍著身穿浴衣的婦女和小孩們，配合著炭坑節（註：原是日本礦工的工作曲，因曲調輕快發展成為日本的土風舞曲，在盂蘭盆會上也經常播放。）搖曳起舞，看起來像是老人會與婦女會以及兒童會的成員。因為單純來湊熱鬧的人，不會在盂蘭盆會上跳舞跳得那麼認真。當然，我們也不會。

朝比奈學姊的神情活像是首度去到未開化的叢林，遇到當地人盛舞歡迎似的，她目不轉睛看著那群跳舞的人。

「嘩……啊——」

她小聲地感佩不已。未來的世界在中元節沒有跳舞的習俗嗎？

我們這一團就在春日的帶領下，一起逛廟會。後來是春日左一句「吃那個吧。」右一句「玩這個吧。」，搞得我們活像是隨侍在她兩側的僕役。春日玩得很開心，朝比奈學姊好像也是，所以我也跟著開心。長門開不開心，我是不知道；古泉開不開心，我則是沒興趣知道。

古泉有時會陷入奇妙的沉默，有時又會冷不防露出微笑，看來這小子最近的情緒也不太穩定。或許這是進入ＳＯＳ團的每個成員必經的命運也說不定。

暑假暑假，就是要放大假。

這個暑假光是看到那浴衣少女三人組，我就覺得值回票價了。

因此，當春日提議：

「來放煙火吧，煙火！反正也難得穿浴衣出來玩，就乾脆在今天一併完成吧！」

ＳＯＳ團幾乎是全員通過。我們在地攤買了騙小孩的粗糙煙火，在渾濁到只看得見月球和火

星的夏日夜空下，朝著附近的河堤走去，途中並買了廉價打火機和即可拍，跟在晃著水球搖著團扇的春日後面走。春日的情緒似乎比往常都要來得高昂。不知怎麼的，我的腦海裡突然閃過「人靠衣裝馬靠鞍」這句話。

只要看到在春日後腦勺蹦來跳去的翹髮，誰也不會去注意她穿著浴衣大剌剌走路的醜態。頭好壯壯正是春日的優點。

在這之後的一小時，我拍了好多照片。有杏眼圓睜，看著仙女棒的朝比奈學姊、雙手拿著龍砲四處趴趴走的春日，以及目不轉睛盯著扭動的蛇蛋砲不放的長門的模樣，都盡收眼底。SOS團今天的夏日活動宣告結束。（註：龍砲點燃後，砲口會像龍王噴水一樣，噴出火花來。而砲體本身做成圓球體的蛇蛋砲，點燃之後會出現有如蛇般的長條物體扭來竄去。）

古泉將掉在河裡的煙火殘骸撿起來，放進便利商店的塑膠袋。春日斜看了他一眼，將手指按在嘴邊——

「那麼，明天就是採集昆蟲囉。」

不管怎樣，她就是要消化完清單上列舉的事項就對了。

「春日，妳要玩我是不反對，但妳暑假作業做完了嗎？」

壓根都沒動的我，其實也沒立場講別人。春日的表情瞬間顯得有些呆滯：

「你在說什麼呀？那麼一點作業，三天就可以清潔溜溜。我早在七月份就全部出清了。先將麻煩的事情解決完畢，就可以無後顧之憂地玩到趴，暑假就是要這樣過才對！」

春日只要認真起來，那堆暑假作業小山的確是不算什麼。上天為何讓那女人的頭腦這麼好？可見上帝也不見得是公平的。

春日惡狠狠地瞪著我們下達指令：

「明天大家都要帶捕蟲網和蟲籠集合，聽到沒有？對了，來比比看誰捕的昆蟲數目多吧。捕得最多的人，就可以做一日團長。」

這頭銜我又完全不稀罕。那麼，只要是昆蟲就可以了嗎？

「嗯──……限定為蟬類！對，這可是ＳＯＳ團團內抓蟬大作戰喔。至於規則嘛……種類不拘，多抓一隻是一隻，以數量取勝！」

向來是自個兒說了算的春日，似乎就把團扇當成捕蟲網，開始玩起了捕蟲的皮影戲。捕蟲網和蟲籠啊……以前用過的那套應該就在家裡的儲藏室吧。

就這樣，待我好不容易回到家裡，才發現自己忘了買蘋果糖葫蘆。

明明我就在祈晴娃娃上釘了五寸釘祈求明天下雨，偏偏隔天一早就是天氣好到不行的大晴天。想必蟬兒也會為今年夏天最高的氣溫雀躍不已。

「蟬好像可以食用吧？炸成天婦羅搞不好會很好吃。啊，這是我偶然想到的，天婦羅好吃，會不會是好吃在那層麵衣啊？如果是，那炸蟬天婦羅也一定好吃。」

要吃妳自己去吃！

老大不小的五名高中生，各自拿著捕蟲網和籠子成群結隊去捕蟲的畫面，說實在的是有點怪異。

我們在中午前就集合，為了找尋綠地，一路來到了北高。畢竟我們學校位在山上，別的沒有，樹木最多。對於以森林或樹木為活動據點的昆蟲們來說，是再好不過的住處了。看來我住的城市雖然相當繁華，也沒有悲慘到蟬不鳴鳥不叫嘛。

棵棵樹幹上都聚集了好多好多鳴蟲，簡直可說是蟬滿為患。怎麼抓怎麼有。朝比奈學姊才胡亂揮幾下網子就大豐收，由此可見這裡的蟬都不清楚人類才是這世上最該警戒的動物。也好，今天就給牠們來個震撼教育。

沒多久就捕了滿滿一籠的我，低頭俯看蟲籠中一動也不動的蟬兒們。我不知道牠們在地底待了幾年，但牠們又不是為了要讓春日炸來吃才努力長大成蟲的。就算春日不吃，我也從感覺逐年銳減的夏蟲鳴叫聲中聽出了些許寂寥，一股欺瞞的罪惡感油然而生。真的很抱歉，為了鋪柏油路而毀了你們的家。希望你們多少能原諒人類的任性。

明知春日不可能聽到我內心的獨白，但那女人也說了這番話。

「果然catch&release的精神還是必需的。今天放牠一條生路，日後也許會來報恩也說不定。」

光是想像人類大小的蟬跑來敲家門的那幅景象，我整個人就虛軟無力。假如這世上真有目擊到我們一邊獵捕牠的同伴一邊放生，逃生後又特地來報恩的昆蟲，就證明牠的智能真的只有昆蟲等級。如果是來報仇，我還會覺得原來牠們沒那麼笨呢。

春日打開蟲籠，並將其前後搖晃。

「快！快回山裡去吧！」

唧唧唧——許多籠中蟬東推西擠、爭先恐後飛了出去。朝比奈學姊發出可愛的哀鳴，蹲了下來。蟬群在她身上盤旋了好一會，又掠過一動也不動的長門頭上，或畫出螺旋狀，或呈一直線，朝著被夕陽染紅的天空逐漸遠離。

我也學春日打開了蟲籠。當我看到蟬群蜂湧而出時，突然覺得自己好像成了不小心打開赫密斯（註：赫密斯（Hermes）是希臘神話裡，天神宙斯的使者）送來的箱子的潘朵拉。直到全部的蟬飛得無影無蹤了，我才想到，至少要留一隻起來才對。

緊接著，隔天等著我們完成的事項，是打工。

春日不曉得去哪找來了兼差工作，還居中幫忙協調，讓我們人人有份。那個只有一天的工作內容是——

「歡……歡迎光臨！」

朝比奈學姊不輪轉的招呼語像是硬擠出來似的。

「來，大家排好！啊啊……不要推！」

揹客春日硬塞給我們的打工工作，是在當地超級市場的週年慶特賣會上招攬客人。

我們不明就裡地來到工作地點集合，不明就裡地穿上春日發給我們的服裝，從早上十點起就在超市的店門口進行宣傳活動。

而且，我們每個人都被塞在布偶裝裡。

真是莫名其妙。幹嘛連我都要犧牲色相？以百變造型博取大家歡心的工作，不是一向都由朝比奈學姊擔綱嗎……古泉、長門，你們也是，要你們發句牢騷是會死啊？幹嘛每次都對那女人逆來順受？

「請白成一白，謝也大家的合作！」

聽到全身都被綠化的朝比奈學姊大舌頭般的聲音，我更是汗流浹背個不停。

我們的扮裝主題是青蛙，而且還是得發汽球給小朋友的青蛙。這家超市每年在週年慶都會舉辦這麼一個特別活動。免費贈送攜家帶眷前來捧場的客人汽球。

小朋友就是小朋友，拿到這種騙小孩的贈品，個個都開心得尖叫不已。喂，那個一臉呆呆的小朋友，送你一顆汽球。是紅色汽球喲，拿去吧。

扮成雨蛙的朝比奈學姊特別受歡迎。順便一提，古泉是金線蛙，我則是蟾蜍。不然還會是什麼？扮成亞馬遜角蛙的長門負責操作幫浦，幫汽球充氣，我們三人負責發放；只有春日一人身穿便服，隻手搖著團扇在店裡納涼。今天的日薪要是五人都一樣的話，我絕對會暴動。

打聽過後，我才知道這家超市的老闆是春日的熟人。瞧她親暱的叫一聲「叔叔～」，那位叔叔隨即報以笑臉。

工作兩小時左右，汽球就發光了，除了春日以外，我們全都在狀似倉庫的休息室，換下累贅的外殼透透氣。那一瞬間，我突然瞭解到蛇蛻皮後的心情。像這樣鬆了好大一口氣的感覺可是近年少有。

長門飄飄然脫下青蛙裝，我和朝比奈學姊以及古泉則是全身汗濕，像是用爬的甩掉青蛙裝，好一陣子都說不出話來。

「呼～」

儘管朝比奈學姊穿著薄薄的運動背心和超短的褲裙蹲坐下來，我卻連細細品味的氣力都沒了。

「辛苦了──！」

當春日舔著冰淇淋現身時，我真的、真的有股衝動想把那女人從頭到腳埋進某個炎熱的沙灘裡。

還有，我們的工資全貢獻給雨蛙裝了。當春日平靜地宣佈這件事時，我突然明白了，這才是春日真正的目的。看到她將裡面空無一物，扁平的綠色蛙妖夾在腋下，臉上的表情活像是一口氣獲賞十萬石的武將時，我就該明白的。該付給我們的日薪，從一開始就不存在。

「這樣有什麼不好？我一直很想要這個。我的美夢終於成真了。叔叔說看在實玖瑠的份上決定送給我。實玖瑠，我要特別頒給妳我親自製作的勳章。不過我還沒做，要等一等喔。」

朝比奈學姊的所有物，又要多一項垃圾了。我想那東西應該跟上面寫著「勳章」的臂章相去不遠。

但是──

「這隻青蛙要裝飾在社團教室當作紀念。實玖瑠，只要妳高興，隨時都可以拿去穿。我特許妳有這個權限！」

見到春日當時的表情，不知為何，我連氣都氣不上來。

累死我了。連著好幾天，又是去游泳又是去採集昆蟲又是穿布偶裝做三溫暖，就算是再健

全且健康的堂堂高中男生，也會累到掛。

因此這一夜，除了安穩的睡眠以外我別無所求。手機響起之前，我還能感受到夢境的平和。

再沒有比沒什麼天大事情，卻在半夜打電話吵醒人更叫人生氣的了。三更半夜打電話是非常沒有常識的事情，而這麼沒有常識的傢伙，在我身邊除了春日以外沒有別人。正當睡得迷迷糊糊的我打算把那女人臭罵一頓，而按下手機的通話鍵之際，耳邊傳來的卻是——

『……嗚嗚（嚶嚶哭泣）……嗚嗚嗚（嚶嚶哭泣）』

是女人的哭聲。我全身雞皮疙瘩都起來了。剎那間我整個人全醒了。完了，是不該聽到的東西打來的。

就在我想將手機拋出去的前一秒——

『阿虛……』

雖然語帶哽咽，但我絕對不會錯認，那是朝比奈學姊的聲音。

我又起了一次雞皮疙瘩，但意義和剛才不同。

「喂，朝比奈學姊嗎？」

她打這通電話，不會是來跟我告別的吧？竹林公主要回月宮了嗎？我知道「這裡」對朝比奈學姊而言，只是暫時的棲身之地。也明白總有一天，她會返回未來。那個時刻已經來臨了嗎？只有出聲說句拜拜就走，我是說什麼也不會認同的。

可是在電話那一頭的人——

『是我……哇哇哇，大事不好了……嗚……咕嗚……再這樣下去……我……嗚哇哇哇……』

她的話我一句也聽不明白。說話像小學生一樣口齒不清，又夾雜了嗚咽聲，我實在是兜不起來。就在我束手無策之際——

『嗨，你好，我是古泉。』

某人清朗的聲音取代了朝比奈學姊的哭聲。

什麼？這個時間這兩人還在一起？為什麼我沒在場？古泉，在你沒有回答出讓我諒解而且安心的答案之前，你的頭只剩五秒鐘還能黏在你的脖子上。

『發生了一點事。感覺相當棘手，所以朝比奈學姊才會緊急聯絡我。』

先聯絡你不是聯絡我？這讓我覺得相當不爽。

『因為這件事就算找你商量，你也是束手無策……啊不，抱歉抱歉。其實我也是愛莫能助。因為這真的是緊急情況。』

我抓抓頭。

「是春日又想讓世界末日降臨了嗎？」

『嚴格來說，並不是。甚至可以說是相反。我們現在陷入的，是世界末日絕對不會到來的情況。』

啊？我是不是還在作夢？你到底在說什麼東西啊。

古泉不顧我的困惑，繼續說下去：

『我方才也聯絡過長門同學。如我所料，她似乎早已知情。詳細情形問長門同學就會知道。總之，事情就是這樣。你現在可以出來跟我們碰頭嗎？當然，我不會通知涼宮同學。』

什麼可不可以，當然是可以。假如有人敢棄嚶嚶哭泣的朝比奈學姊於不顧，那傢伙就算被亂刀砍死七遍也是死有餘辜。

「我現在就過去，在哪集合？」

古泉告訴了我地點。一如往常就約在站前。那裡真可說是SOS團的御用集合地點。

就這樣，當我換好衣服，躡手躡腳走出自家走廊，跳上腳踏車飛奔到集合地點時，那裡已經有三條人影在等著我。街上不是一個人都沒有，依稀可以看到幾個學生模樣的行人。拜他們所賜，我們才得以混在暑假夜無處可去的青仔欉裡，無後顧之憂地參加詭異的集會。只是我又有點愛睏了。

我到達站前時，身穿淺色衣服的朝比奈學姊是蹲著的，兩旁分別立著衣著簡單的古泉，和水手服長門兩棵門松。朝比奈學姊上半身和下半身的服裝根本搭不起來，似乎是抓到什麼就穿什麼似的。看來她如果不是慌亂到沒去注意，就是事態緊急到沒有心思想這些。

較高的那棵門松發現了我的到來，舉起一隻手跟我打招呼。

「到底是什麼事情？」

街燈朦朧的燈光，照射出古泉柔和的表情。

「三更半夜還找你出來，真的很抱歉。可是，事情已經緊急到朝比奈學姊變成這樣了。」

整個人縮成一團的朝比奈學姊，像是融化的雪人似的哭成了淚人兒。扁著嘴的哭臉抬起來看我，美眸的濕潤顯而易見。光是這個魅惑的眼神，就足以讓我赴湯蹈火在所不辭。

「嗚嗚嗚，阿虛，我……」

朝比奈學姊吸吸鼻子，又繼續獨白似的呢喃：

「我回不去未來了……」

「打開天窗說亮話，就是這麼一回事。我們都踏入了同一段時間不斷延續的迴圈。」

古泉的天窗似乎打得不夠開，話也說得不夠亮。他真的知道自己在講什麼嗎？

「當然知道。而且沒有比這再明白不過的說法了。剛才，我和朝比奈學姊討論了一下……」

你們不會等我來了再討論喔？

「結果我們發現，這個世界近來時間的流動不太對勁。這可以說是朝比奈學姊一人的功勞，託她的福我才得以確定。」

確定什麼？

「我們會在同一段時間內不斷重複體驗同樣的事情。」

這個你剛才就說過啦。

「正確說來，是從八月十七日到三十一日這段時間內。」

古泉的字字句句，在我聽來都很玄。

「也就是說我們被困在永不終止的暑假當中了。」

「現在的確是暑假沒錯呀。」

「是絕對不會終止的ENDLESS SUMMER。在這個世界裡，別說是秋天，甚至連九月都根本不會到來。也就是說，這世界不會有八月以後的未來。朝比奈學姊說她回不去未來，正是這個道理，也相當合乎法則。和未來聯繫不上，正是因為沒有未來這個東西。這可以說是理所當然的事。」

就物理學的觀點而言，無未來（NO FUTURE）是哪門子的理所當然。時間那東西就算放任不管，它還是會繼續流動吧。我凝視著朝比奈學姊的頭頂這麼說：

「這種事情誰會相信？」

「起碼你要相信。因為這件事可不能跟涼宮同學提到隻字片語。」

古泉也俯看著朝比奈學姊。

後來，朝比奈學姊基本上算是有解釋給我聽啦。當然，中間免不了穿插啜泣聲。

「嗚……我想想……我一直用『禁止項目』跟未來連繫，或是進行『禁止項目』……呃。大約有一個星期左右，我沒收到『禁止項目』的通知，才覺得有點奇怪。然後『禁止項目』……我非常驚慌，就嘗試進行『禁止項目』看看，結果完全是『禁止項目』……嗚……嗚哇！我該怎麼辦才好……」

該怎麼辦才好？我也不知道哇。那個「禁止項目」是不是什麼得消音的禁語？

「我們是不是又被困在春日創造的奇異世界裡了？就像是那個閉鎖空間的現實版之類的。」

雙手抱胸靠在自動販賣機上的古泉，緩緩地否定了我的說法。

「這一次，涼宮同學並不是讓世界再生，而是截取了時間。就是八月十七日到三十一日這段期間。因此，現在這個世界，永遠只有兩個星期的時間。沒有八月十七日以前的時間，也沒有九月一日以後的時間。換句話說是九月份永遠不會到來的世界。」

他吐出一口活像是失敗口哨的長氣：

「時間點走到八月三十一日二十四點整的那一瞬間，就會一口氣重整，再度回到十七日的時間點。詳情我也不太清楚，但是十七日清晨左右似乎有個預設還原點（SAVE POINT）。」

那我們的……不，應該說是全人類的，全人類的記憶會變成怎麼樣？

「那些都會全部重整。全人類之前經歷過的兩週記憶會全部歸零。再一次從最初的起始點重新開始。」

這個世界還真是愛將時間倒過來轉過去。不過因為有未來人混進這個世界才會如此，所以實在是莫可奈何的事。

「不，這件事和朝比奈學姊無關。事情不是你想像的那麼簡單。」

你怎麼知道？

「有此能耐的人，就只有涼宮同學。你認為除了她還會有誰呢？」

沒事會去想這種事是誰幹的人，若不是得了妄想症，就是天生就只會妄想。

「你乾脆直接跟我說要怎麼辦好了。」

「假如我知道怎麼解決，事情就好解決了。」

不知為何，我覺得古泉的神情有點幸災樂禍。一點困擾的樣子也沒有。為什麼？

「因為早先困擾我好一陣子的不協調感終於真相大白了。」

那是只有你才真相大白。

「你不也是嗎?從去市立游泳池那一天到今天，你不是會不定期產生強烈的似曾相識感嗎?現在想來，那應該就是上一次輪迴時經歷過的記憶殘渣——除此之外沒別的說法了——現在，事情都搞清楚了。我們所感受到的異狀，就是重整時沒有完全清除的部分。」

該不會全人類都感受到了吧?

「應該不會。我和你都是特殊的案例。好像只有和涼宮同學走得越近的人，才會越容易感受到世界的異變。」

「那春日呢?那女人一點自覺都沒有嗎?」

「似乎是完全沒有。假如有的話，事情就更棘手了……」

古泉不經意的朝長門的方向看了一下，詢問外星人的意見。

「請問，同樣的兩週時間，我們循環了多少次?」

長門以平靜的表情回答。

「這一次是第一萬五千四百九十八次。」

一陣暈眩襲來。

ㄧ ㄨㄢˋ ㄨˇ ㄑㄧㄢ ㄙˋ ㄅㄞˇ ㄐㄧㄡˇ ㄕˊ ㄅㄚ。光是注音就用上了二十二個字的語詞，寫作數目字的話是１５４９８，感覺上就少很多。阿拉伯數字好棒喔。不曉得是誰想出來的，真想給他磕三個響頭以示感謝。您真是太厲害了。竟然連這種有了很方便，沒有也無所謂，毫無道理可循的無聊玩意都發明得出來。

「同樣的兩個星期循環了一萬幾千回。假如自己本身感覺到被困在那樣的迴圈中，記憶也不斷囤積的話，一般人的精神根本無法負荷。至於涼宮同學的記憶，我想應該是清除得比我們還乾淨才是。」

這種時候，就得跟史上最強的萬事通求救了。我向長門確認：

「那是真的嗎？」

「對。」

長門點了點頭。

結論就是，我們明天預定要做的事情，以前早就做過了？前兩天的盂蘭盆會和撈金魚都是？

「不見得。」

長門的聲音不帶一絲感情。

「在過去一萬五千四百九十七次循環中，涼宮春日採取的行動並不是完全一致。」

她淡淡地看了我一眼後，又繼續淡淡地說：

「在前一萬五千四百九十七次中，沒去盂蘭盆會的有兩次。有去盂蘭盆會但沒有去撈金魚的版本共有四百三十七次。到目前為止，市民游泳池每次都有去。有去打工的多達九千零二十五次，但工作事項分為六大類。除了分發汽球之外，還有搬貨、打收銀、發傳單、接電話以及模特兒攝影會。其中送汽球發生了六千零十一次，重複兩種以上的版本是三百六十次。照順序排列組合的重複版本則有——」

「夠了，不用再說了。」

讓外星人出品的人造人靜默下來後，我開始沉思。

我們八月的後兩週，循環了一萬五千呃……是幾百來著？啊～煩死了。15498次就對了。在八月三十一日又會周而復始，回到八月十七日。而且我完全沒有記憶，長門卻記得一清二楚——為什麼？

「長門同學，應該說資訊情報統合體，可是超越時間和空間的存在呀。」

古泉那臉得意的微笑，這時看起來有點僵硬，是因為光線的關係嗎？

算了，這個不重要。先放著吧。我知道長門和她的頭頭是有那麼點能耐。但我在乎的不是那個，而是……

「長門，這兩週妳也持續體驗了15498回嗎？」

「對。」

彷彿那沒什麼大不了似的，長門點了點頭。除了「對」這個字，妳就不能再多透露一點嗎?雖然除了那個字，我也想不出她會說什麼。但是——

「呃，嗯……」

慢著。這可是１５４９８回×兩週喔。總計共有２１６９７２天，呃——大約是５９４年份的日子。那麼長的時間，這傢伙居然能若無其事地度過每一天，若無其事地讓時間周而復始，又若無其事地旁觀這一切的發生。再有耐性的人，耐性都會被磨光。不信的話你也去市立游泳池去個１５４９８次看看。

「妳……」

衝口而出前，我及時住了嘴，長門像小鳥一樣歪著頭盯著我瞧。

在看到游泳池畔的長門時興起的感覺甦醒了。當時的她看起來很無聊，這大概不是我的錯覺。就算是長門，同一段時間過那麼多次也會膩吧。這傢伙表面上雖然毫無怨言，說不定暗地裡早就啐了好幾口——這個想法在我腦中閃現。現況的部分我總算是聽明白了，但現象的成因還未經確認。

「春日為什麼要做這種事?」

「這只是我個人的推測。」

在慣有的開場白之後，古泉繼續說道：

「涼宮同學可能不希望暑假結束吧。因為她的潛意識那樣想，所以暑假才會陷入無限的迴圈中。」

就是這種像是拒絕上學的小鬼的理由嗎？

古泉無意識地撫摸罐裝咖啡的邊緣。

「我猜她可能在暑假最後這兩週並沒有完成所有想做的事，只好心不甘情不願地迎接新學期的到來。換句話說，她的內心留有很大的遺憾。就這樣在八月三十一日的夜晚抱著壯志未酬的心情上床睡覺……」

然後等到她一醒來，眼前就已有整整兩週份的暑假在等著她消化是嗎？該怎麼說呢，我想所謂的哀莫大於心死就是形容我現在的心境吧。我知道她是什麼事都做得出來的女人，只是沒想到她的沒常識等級又更上一層樓。

「那到底要做什麼，那女人才會滿足？」

「這我就不知道了。長門同學，妳知道嗎？」

「不知道。」

回答得還真乾脆。我們當中最最可靠的人就是妳耶。我不禁將想法付諸言語：

「為什麼妳之前都不講？害我們連跳了上萬次的雙週華爾滋。」

沉默了數秒之後，長門才微啟薄唇說：

「我的工作只是觀察。」

「……原來如此。」

這麼說，我就有點了了。直到目前為止長門從未積極參與我們的行動。但是她的存在，幾乎都和行動的結果息息相關。這傢伙主動和人接觸，我敢說只有她帶我回住處那一次。在那次之外，長門都只是在不覺間待在必要的位置上，和我們共同行動。

我當然沒有忘記，長門有希是資訊統合思念體製造的聯繫用人型機器人，同時也是被派來觀察春日的有機人工智慧機器人。至於在感情表現上加裝安全閥不知能否算是她的規格。

「算了，那個不重要。」

在這之前，長門有希對我而言，是個喜愛閱讀、沉默寡言、個頭嬌小，但是萬分可靠的同年級夥伴。

在SOS團的成員中，最博學且最有行動力的人也是長門。因此，我又想請教一下這位萬事通了。

「我們發現這件事，是第幾次了？」

面對我突如其來的質問，長門像是早就料到，不慌不忙地回答：

「第八千七百六十九次。越到最近，發現的頻率就越高。」

「因為似曾相識和不協調感在作祟的關係吧。」

古泉一副理所當然的模樣。

「可是在過去周而復始的循環中，即使我們發現了自己的處境，也始終無法將時間修復，回到正軌嗎？」

「對。」長門答道。

難怪，難怪朝比奈學姊會哭成那樣。她就是知道這點，才會哭得那麼慘。那等到她再度失去兩週份的記憶和經驗值以及身體上的成長，回到原點……之後又會因為發現這個窘境而重哭一次。

不知道是第幾次了。春天認識春日到現在，每當發生了那女人為禍端的禍事時，我就會這樣想。現在是，當時也是。

奈A安呢？

想必這也是我第8769次，在這兩週的時間帶裡這樣想吧。

真是受不了……

又是一個天方夜譚。

隔天，輪到天體觀測登場。

觀測場所是在長門公寓的頂樓。粗大笨重的天文望遠鏡是古泉帶來的，他將它裝在三腳架上。時間是剛過晚間八點。

夜空很黑暗，朝比奈學姊也很晦暗。臉上的表情不知該說是心不在焉還是呆滯。現在真的不是觀測天體的時候。我的心情好複雜。

古泉臉上掛著看開了的笑容，專心一意在設置望遠鏡。

「小時候，我的興趣就是這個。第一次觀測到木星的衛星時，我真的好感動。」

長門還是一如以往，一動也不動地站在頂樓當樓哨。

我仰望夜空，只看到兩三顆星星。都會的空氣太污濁了，看不到星星。這時候用「沒有天空」來形容真的很貼切。等到大氣澄澈的冬天來臨，就看得見獵戶座了。

天文望遠鏡的鏡頭，對準了地球的鄰居。只見探頭探腦的春日說：

「沒有耶。」

「沒有什麼？」

「火星人啊。」

我不大希望火星人存在。試想，一個個章魚模樣的大冰怪扭著身體，開會討論征服地球的計劃，就算嘴巴再甜，也絕對說不出有趣這兩個字。

「為什麼？說不定他們很友善耶。瞧，地表上一個人影也沒有，可見他們一定是隱居在地下大空洞的害羞人種。這就是他們怕嚇到地球人的友善證明。」

春日想像的火星人似乎是地底人。拜託告訴我是哪一種。是PELLUCIDAR（註：泰山作者Edgar Rice Burroughs創作的地底世界系列中的地底人，在故事中，地底內部是個大空洞。）？還是星戰毀滅者（註：原文是MARS ATTACKS）？要是兩者合一，事情就麻煩了。盡量想得簡單一點，越簡單越好。

「他們可能是在裡頭作準備，好等到史上頭一架火星載人太空船登陸時，可以偷偷跳出來列隊歡迎地球人！而且還會這麼說：歡迎來到火星，鄰星的人！我們竭誠歡迎你們！」

這樣做反倒更嚇人吧。一個弄不好，驚喜就會變成驚嚇的。我不知道第一個踏上火星大地的會是誰，但最好先通知他，讓他有個心理準備比較好。收信人寫ＮＡＳＡ就行了吧？

我們輪流用望遠鏡觀看火星的外觀以及月球的隕石坑，時間就這樣一分一秒的流逝。就當我驚覺怎麼少了一個人時，才發現朝比奈學姊抱著膝蓋，靠在頂樓防止跌落的護欄上，微歪著頭，眼睛閉著。她昨晚不大可能有什麼好眠，就讓她睡吧。

春日似乎看膩了沒有戲劇性變化的夜空，如此說道：

「我們來找ＵＦＯ吧！他們一定盯上地球了，搞不好衛星軌道上現在就有外星人的先遣部隊在待命中。」

春日開心地將望遠鏡轉來轉去，可是也很快就膩了。她在朝比奈學姊旁邊坐下來，靠在學姊嬌小的肩膀上，開始呼呼大睡。

古泉小聲地說：

「玩累了吧。」

「很難想像她會比我們累。」

春日睡得香甜。讓人忍不住想在她臉上亂畫一通。但是她的睡臉還不是我最想畫的。這女人只要不開口，還算長得不賴。假如她可以和長門意識互換的話就更棒了。毫無反應的春日，就已經很難想像了，長舌且感情豐富的長門可就更是考倒我了。

夜風徐徐，我看著並排睡在一起的春日和朝比奈學姊。這麼一來，春日也和朝比奈學姊有得拚。搞不好還會有人認為春日比較出色呢。嗯，一定有的。

「這女人究竟是想做什麼呢？」

我語帶嘆息的幽幽說道。

「會不會是想和朋友出遊，玩得很開心之類的？」

「搞不好喔。說到涼宮同學的朋友，就是我們吧。」

古泉遙望著夜空的另一端——

「那麼目前最重要的，就是找出到底是什麼樣的樂子才能讓她心滿意足。找不到的話，時間

的循環就永遠不會終止。在解開連她自己也未發現的渴望並付諸實行前，我們只能陪著她不斷度過那重複的兩週。幸好記憶會重整，這點我們真該謝天謝地。不然我們遲早會精神失常。」

重覆了一萬五千四百九十八次。

真的假的？該不會是長門在唬弄我們吧？坦白說，這件事乍聽之下是有點難以置信，但是始作俑者是春日的話，就教人不得不信。那女人未知的神秘力量，總是讓她在無意識中捅出天大的漏子。不管是她憑自己的意思任性妄為，抑或是在無意識間心想事成，結果都同樣麻煩。她就是那麼一個不給人添麻煩死不休的女人。

我曾經想過，對恣意而為的春日總是配合到底的我們，搞不好真的夠格當選年度好人好事代表。SOS團的成員脾氣一個比一個好。而且我還是左右世界命運的關鍵人物呢，實在讓我不得不懷疑這世界是否原本就不太正常。

況且，我們守護的世界絕對是正道的這種一廂情願的想法，只是人類在各自的主義和主張驅使下，三兩下就被捏造出來且大量生產的狗屁。因不了解這一點，而盲目的推崇這套自我中心的歪理，並強迫別人接受的傢伙比比皆是。我說你們這些人啊，起碼顧慮一下千年之後，後世子孫會如何評價自己吧。

當我正一股腦兒的沉思那些無關緊要的事時，古泉冷不防地開口：

「雖然不知道涼宮同學內心的冀望是什麼，要不要試探她看看？像是突然從背後抱住她，在她耳邊輕聲說I LOVE YOU之類的。」

「那個敢死隊要叫誰做?」

「再沒有比你更適合的人選了。」

「我行使否決權。PASS!」

「那麼,就由我來試試看吧。」

這時我露出了什麼樣的表情,我自己可無緣一見。因為身上剛好沒帶鏡子。可是,古泉像是讀出了我的心思:

「開開玩笑而已,我還不夠格呢。真要由我上場的話,恐怕只會讓涼宮同學陷入不必要的混亂狀態。」

語畢,從他的喉嚨深處發出了刺耳的笑聲。

我再度陷入沉默,抬頭望著唯一不受沉鬱的夏日夜空所影響,持續散發皎潔光芒的明月。鑲嵌在黑暗夜空中的銀盤,在太陽的照射下閃閃發光,彷彿要邀我去玩似的。去哪裡?天曉得。

我看著動也不動面向天空的長門的背影,如此想著。

夏天還沒結束，但暑假已近尾聲——那可不一定，暑假會不會結束都還不知道呢。饒了我吧。我是說真的。

我們很可能又會回到八月十七日。要怎麼做，春日才會自覺她有「什麼事沒來得及完成」呢？

她會有什麼事情來不及做完？我自己是有一堆從學校帶回家後就沒動過的暑假作業小山啦。但是會讓春日牽腸掛肚的應該不是作業。因為那女人老早就把作業寫好了。

接下來，我們該何去何從？

「到打擊練習場去吧。」

春日帶了鋁棒來。就是某一天從棒球社A來的坑坑疤疤的球棒。想不到她還留著那支功能與其說是將球打飛出去，倒不如說是以撲殺為目的還比較適合的中古爛球棒。

只見我們的團長甩著一頭秀髮，面帶燦爛笑容一一朝我們揮棒，再引領我們前往公路旁的擊球中心。我猜八成是高中棒球又引發了她的奇怪電波。

憂鬱的風水是會輪流轉的，這回SOS團輪到朝比奈學姊BLUE的小臉更加BLUE了。說真的，這讓我有點小遺憾。原來她還是對她那個世界戀戀不忘。

又回到平常步調的長門和古泉，活像是走在我身後的能面具和笑臉符號。一副事不關己的模樣。給我認真一點好不好！

「呼～」

我吐出一口氣，在前方蹦來跳去的春日的黑髮，映入了我的眼簾。

自從認識這女人之後，也不知道是誰決定的，從SOS團創立紀念日那天起，保護春日就成了我的工作。因為還無法斷定禍首是誰，我極欲傾洩的怨言也只好控制一下。儘管如此，我還是想聲明。

不要給我過高的評價。我只是個再普通不過的小老百姓。

但是這樣的獨白，只是更暴露出內心的空虛。

朝比奈學姊目前心神恍惚，古泉除了笑還是只會笑，長門只是靜靜觀察。

我一定得設法讓春日做點什麼才行。

可是，要做什麼？

答案只有春日本身才知道，但是春日本身卻不知道問題出在哪。

「實玖瑠可以不用揮棒！妳在那裡練習短打就好，而且就算妳揮棒也打不到。把球往下敲打個滾地球吧。啊——不要再把球往上打了！」

看來是以前的草地棒球大賽的餘波蕩漾。她是打算明年還要參加嗎？

春日一人獨佔時速一百三十公里的擊球練習擋網，鏘！鏘！將兇猛的發球一一打回去。看到她那麼開心，我的心情也好多了。這女人果然不是泛泛之輩。搞不好她體內細胞的成梱粒線體（註：粒線體（mitochondria）是人體細胞中負責能量製造以及脂肪代謝的地方，又有「發電廠」之稱。具有雙層膜構造，內含ＤＮＡ。）的數量異於常人也說不定。不然她的活力是從哪來的？撥一點出來做善事該有多好。

在那之後，春日訂下的能量消耗目標，在誰也沒能按下暫停鈕的情況下，我們只得不停地跟著行動。

道地的煙火大會，我們也去了。是在海邊發射的尺玉煙火。（註：日本的煙火球是以號來區分，「尺玉」是十號，為直徑三十公分、重十一點二五公斤、發射高度約二百五十公尺、綻放時的直徑約三百公尺的煙火球。）三位女生再度換上浴衣，（只有春日）對於砰砰！射上高空又碰碰！綻放的火燄之花十分滿足，還指著表情一點都不像的人物煙火哈哈大笑。春日本來就喜歡這種過剩的華麗。也只有這種時候，才能看到春日天真無邪又比實際年齡稚氣許多的笑容。但我馬上就將視線移開，因為要是一直盯著她看，惟恐自己會產生非分之想。至於是什麼樣的非分之想，我本身也不清楚。但我的確學到了一件事：人要衣裝佛要金裝。

在另一個日子，我們則突然跑去參加縣境的河川釣蝦虎魚大賽（註：Japanese Gobioid是夏秋之際的代表性迴游魚類）。結果我們連一尾蝦虎都沒釣上，吃掉魚餌的淨是些沒見過的小魚，所以無法參加測量，但是春日志在享受拋竿和甩竿的樂趣，不在收穫的有無。遠比誤釣上腔棘魚（註：腔棘魚（coelacanth）是一種據推斷出現在泥盆紀，滅絕於白堊紀的魚類，但1938年有漁夫捕獲活生生的腔棘魚，故又有「活化石」之稱。）還叫人感激涕零的這份貼心，也讓我鬆了一口氣，得以無牽無掛地享用一看到作為魚餌的沙蠶，就臉色發青逃得老遠的朝比奈學姊親手製作的招牌便當。

這次春日和我被太陽烤成了不知是打哪來的黑小孩，和另外兩位做好全套防紫外線對策的人成了鮮明對比。只有長門不管怎麼曬，似乎都曬不黑。幸好！不然曬成小麥色的長門也是一幅超乎想像的光景。

但是，我內心很清楚，現在真的不是一派悠閒遊山玩水的時候。

像是在鋪好的鐵軌上疾駛的日子轉眼間就過去了。

春日依舊活力十足，我則是長吁短嘆，BLUE的朝比奈學姊轉成了藏青色，古泉似乎已經看開，變得更笑逐顏開。毫無變化的只有長門。

回想起來，這兩週內我們還真是做了不少事。

最後期限就快到了，今天已是八月三十日。暑假只剩下明天一天。看樣子今明兩天再不設法就不行了，但我對於該做什麼卻是一點頭緒也沒有。夏日的陽光、寒蟬的叫聲，所有構成夏天的要素都是不安要素。高中棒球也不知在何時產生了冠軍隊伍。怎麼不再比久一點呢！

最起碼要比到讓春日感到心滿意足為止。

春日握著的原子筆在所有預定行動上打了大叉叉。

昨夜，我們故意挑丑時三刻朝廣大的墓地出發，一手拿著蠟燭四處趴趴走的試膽會是最後一項康樂活動了。既沒有幽靈出來打招呼，也不見鬼火在周圍閒晃，只有朝比奈學姊虛驚的模樣值得一看。

「這麼一來，所有的課題都完成了。」

時間是八月三十日剛過正午，地點是在大家熟知的站前那家咖啡廳。

春日以彷彿德川寶藏的藏寶位置，就在用原子筆標註在影印紙上似的眼神，一直盯著筆記撕掉的地方。神情看來似乎是心滿意足又有點依依不捨。我本來應該也會有點依依不捨的。畢竟暑假就只剩明天一天了。本來啦。

暑假真的會結束嗎?現在的我可是高度懷疑。看來我的疑心病變重了。只要在SOS團這種由情緒化的團長所帶領的笨蛋組織待上幾個月，任誰都會變得疑神疑鬼。真希望她的個性能再單純一點。就像我有朝比奈學姊在就好，那種斷然型的簡單……不不，還是別說了。免得「過猶不及。（我故意寫錯的）。

「嗯——這樣就行了嗎——？」

春日用吸管不停的戳著飄浮可樂上的香草冰淇淋，態度相當不乾脆。

「可是……嗯，就是這樣了。喂，你們還有沒有什麼想做的事？」

長門不語，只是一直觀察浮在紅茶上的檸檬片。朝比奈則像是挨罵的小狗般垂頭喪氣，雙手緊握放在膝上。古泉只是笑咪咪地啜飲著維也納咖啡。

而我呢，則是連一句話也冒不出來，就這樣繃著臉抱著胳膊，思考該怎麼做。

「算了。這個暑假已經完成很多事了。我們去了很多地方，也穿了浴衣，還抓了不少蟬。」

我認為這段話是春日講給自己聽的。才不是那樣呢！根本還不夠。我打從心底就不認為春日會心甘情願地讓暑假就此劃下句點。儘管她說再多話表明，都只是欲蓋彌彰。春日的內心，內心的內心的最深處，絕對不可能就此心滿意足。

「那麼今天，」

春日將帳單遞給我——

「到此結束。明天當預備日先空下來；不過就這樣待在家好好休息也沒關係。後天再在社團教室見面吧。」

看到春日從座椅起身，瀟灑地離開餐桌，我感到一股莫名的焦躁。

不能讓春日就這樣回家。不將事情一次做個解決不行。否則古泉發現到、長門掛保證過的周而復始的那兩週，第一萬五千四百九十九次將會捲土重來。

但是，我該怎麼做？

春日的背影像電影的慢動作，離我越來越遠了。

就在此時！真的是突然、突兀、突如其來，就是那樣忽然——

那個來了。

就是全部都攪和在一起的「咦？這一幕我好像在哪看過……」的感覺。而且今天這一波，還伴隨著和前幾次無法相提並論的暈眩感。是前所未有的強烈似曾相識感。我知道為什麼。因為我已經重覆經歷過一萬多次了。八月三十日。就只剩一天了。

春日的話一定有什麼玄機，我才會下意識地被點醒。到底是什麼是什麼是什麼啦～

「你怎麼了嗎？」

有人在說話。古泉的話中應該也有什麼奧秘。是我很掛心、卻一直被延後的事情……

春日已經離席，一如往常像個急驚風似的打算奔回家。不能讓她走掉。這麼一來就沒有變化。在這之前的我是如何讓這個情況有所不同的？一幕幕情景猶如走馬燈掠過我心頭。這兩週來我們做過的事……

以及——沒做過的事。

沒時間讓我想了。我必須說點什麼。就算無濟於事也沒有關係，快說呀！

「我的課題還沒有結束！」

我先聲明，我沒有大吼大叫。後來冷靜想想，那又是一個我想從海馬體抹消的記憶被烙印下來的瞬間。四周的客人、店員、人就在自動門門口的春日都回過頭來，目不轉睛的注視我。

我內心的話語自己衝口而出。

「對了，是作業！」

店內的每個人又再度因為我這一聲高喊而定格。

「你在說什麼東西呀？」

春日很明顯地以看著變態的眼神朝我走來。

「你的課題？作業？」

「學校規定的暑假作業，我一樣都沒做。那個不做完，我的夏天就無法結束啊。」

「你是笨蛋嗎？」

她露出了像在看笨蛋的嫌惡眼神。沒關係、沒關係。

「喂！古泉！」

「是，什麼事？」

古泉好像也嚇了一跳。

「你的做完了嗎？」

「沒有，因為這個暑假四處趴趴走。我差不多還剩一半。」

「那我們一起做吧。長門也來，妳也還沒做好吧！」

我搶在長門回答前，向嘴巴張得有如人偶劇的人偶那樣開的朝比奈學姊伸出手。

「朝比奈學姊，妳也順便一起來吧。將這個夏天的課題一次做個解決。」

「咦……」

朝比奈學姊是二年級學生，和我們的作業沒有關係，但是這種事現在都變得無關緊要了。

「可、可是……要、要去哪裡？」

「來我家做吧。把作業簿和問題集全部帶過來，有問題的話大家還可以一起討論。長門、古泉，你們寫好的部分要借我抄喔。」

古泉點頭應允。

「長門同學，妳也願意吧。」

「好。」

半吊子的河童頭點了點，仰望著我。

「好！那明天見！明天就從早上開始吧。一天的時間應該趕得完！」

當我緊握著拳頭，氣勢比天還高時——

「給我等一下！」

雙手扠腰的春日，高傲地走回桌子的側邊。

「不要擅自決定！團長可是我！決定事情之前，得先問問我的意見！阿虛，團員獨斷獨行可是嚴重違反團規！」

說完後，春日就死命瞪著我，尖聲叫喊：

「我也要去！」

——時間是那一天的早上。

好像真被我矇對了。當我在自己房間的床上醒來時，就知道已經脫離了某種事態。

這是因為我還記得。盂蘭盆會結束後，我從鄉下回來，和春日他們又是去游泳池又是去捕蟬等等八月份的種種記憶。在那些記憶當中，最棒的就數清楚浮現在我腦海的昨天的日期。

昨天是八月三十一日，而今天是九月一日。

最新鮮的記憶告訴我，暑假的最後一天，我就是在這個房間舉行ＳＯＳ團讀書會。我還記得那種累到天旋地轉的疲勞感。要在一天之內把所有作業簿照抄下來就已經很累人了，若是自己想答案去寫，真不知會累到什麼程度，我連想都不敢想。昨晚就寢時，我的腦袋瓜只能確定一件事，我的體力氣力精神力的數值已經少到僅需輕輕一拳，就能將我打昏在床上的程度。

昨天，春日抱著那一堆她自己做好的暑假作業小山上來我房間，輕蔑地看了看正拿著自動鉛筆振筆疾書的我、古泉、長門以及朝比奈學姊一眼之後，就一直和我妹玩。

「不可以完全照抄喔。」

和我妹用我房間的電視打電動的春日，連按控制器的按鈕時如是說：

「要稍微改變文章語法，算式也要故意繞幾下圈子。老師們不全然是笨蛋。尤其是教數學的吉崎最為陰險，會特別抓這種小地方仔細檢查。不過吉崎自己的解法也不見得高明到哪去就是了。」

本來五個人加我妹全擠在我房間就有點侷促了，又加上老媽，也沒人拜託她，卻又是送果汁又是送午餐又是送甜點上來更叫人氣悶。不同於馬不停蹄地動著手腕幾乎快得肌腱炎的我們，春日玩得相當開心。瞧她笑得多悠哉呀！生來就高高在上的傢伙望著底下人時，八成就是這種笑法吧。不知是不是悠哉過了頭，春日居然插嘴管起學姊朝比奈苦戰多時的小論文。若是朝比奈學姊的報告拿C，那全要怪春日……

在一幕幕的回想中，我從床上爬了起來。

今天起就是新學期新氣象了。應該是啦。

這還是我生平頭一遭，如此期盼下學期的到來。

已經在體育館聽完校長的訓詞，短短的班會時間也結束了，現在是放學時間。今天的日期正是九月一日。我在教室問：「今天是幾號？」，谷口和國木田都紛紛對我投以憐憫的眼神，看樣子應該是九月一日沒錯。

因為福利社和學生餐廳今天都還沒開張，所以春日到校外的柑仔店去買東西吃。社團教室裡只剩下我和古泉。

「涼宮同學是位文武雙全的曠世奇才。想必她從小就是那麼優秀了，所以才完全不把暑假作業當成一種負擔。這樣的她當然不可能和朋友一同分工寫作業。因為她光靠自己就能輕而易舉的將作業給擺平，根本不需要這麼做。」

我聽著古泉的解說，把鋼管椅拉到窗邊俯瞰校園。我們人就在文藝社的社團教室。今天是開學日，沒什麼事大可回家，但我就是想來社團教室看看，結果發現古泉也來了。最恐怖也最重要的是，長門居然不在。雖然她臉上沒有表現出來，想必這個暑假也讓她身心俱疲吧。

鄰近的蟬勢力分佈圖也起了變化。寒蟬逐漸取代油蟬，逐漸擴大版圖中。暑假結束了。這是可以確定的。可是——

「好像在作夢！八月後半段，我們居然過了一萬五千多次。」

「你會這麼想也不是沒有道理。」

古泉綻開陽光般的笑容，開始洗牌。

「在周而復始了一萬五千四百九十七次的那兩週裡的我們，和現在的我們並沒有共同的記憶。在過去重覆了那麼多次兩週的我們，並不存在於這個時間軸上。唯有循環到第一萬五千四百九十八次的我們，才再度回歸到正確的時間流。」

話是沒錯，但我確實得到了暗示。就是那個發生好幾次的似曾相識感，尤其是最後感覺到的那一波，或許就是以前身處同樣立場的我們所給的贈禮。說是以前好像有點古怪？不管是以前還是從前，時間不過是從老虎皮形狀融化成奶油色旋轉木馬狀罷了。

即使如此，我還是要把目前這個我得以走回時間正軌，歸功於在這之前不斷重覆過那兩週的千千萬萬個我們。如果不這麼想，因為春日而消失的那千千萬萬個夏天，根本就白費了。

尤其是裡面還包含了自覺到自己被重整的那八千七百六十九個我。

「要來玩撲克牌嗎？」

古泉就像個初出茅廬的魔術師一樣，以笨拙的手勢操牌。偶爾陪他玩玩也無妨。

「好啊。賭什麼？賭錢的話就拉倒。」

「那就不賭錢。」

只有在這種不拘輸贏的時候，我才會大贏特贏。同花大順耶，我還是第一次見到。

我暗自決定，假如這一天還有機會重來，我絕對非賭錢不可。

序章・秋天

現在是校慶結束後，虛脫感充斥全身的十一月下旬。

春日導演在電影的拍攝階段胡鬧至極，不過上映當天的票房還算叫人滿意，我本以為她會沉浸在成就感的餘韻中就此安分下來，結果那女人的步調在校慶前中後完全沒有減速。

可是學校卻好像要乘勝追擊似的，一個接一個推出完全無需春日動腦、也不用現有手下操盤的活動。譬如學生會會長選舉。坦白說，我還真擔心春日要是打算參選，那該怎麼辦。後來發現春日似乎有種奇特的信仰，她一心認定學生會組織是小眾文化類同好會的大敵，一點也不想扮演獅子身上的獅子蟲打進學生會，（註：此典故出自佛教經典「獅子蟲反噬獅子肉。」，喻不肖佛教徒反誣害佛法。後世引申成為潛入組織破壞內部的恩將仇報者。）成為學園陰謀物語的真正黑幕。

倒不如說她想和那個黑幕——假如有那種東西的話——先大戰一番還比較說得通。

人家好不容易才能把ＳＯＳ團這個可疑的團體當成不存在，或是裝作視而不見。彼此涇渭分明、井水不犯河水不是很好嗎？然而春日卻總是鬥志滿滿，只不過目前我並不知道，她要怎麼和這個未知的敵人作戰。

可是，完全超乎那樣的期待或是預感，前來向我們搖旗吶喊的，並不是學生會的刺客。

而是燃起復仇戰火的鄰人。

射手座之日

黑暗的宇宙空間正在我眼前擴散開來。

那是有如戴上眼罩迷失在馬頭星雲的黑暗空間，連一道星光都觀測不到的乏味銀河，說穿了就是偷工減料的布景。這時，要是能加點演出就更好了的想法掠過我心頭，不過凡事背後都有其成因，就連這個宇宙空間也是。像是預算、技術或時間等諸如此類的原因。

「什麼都看不見嘛。」

我開始抱怨。螢幕的色彩從剛才就是清一色的黑，不禁讓我懷疑顯示器是否故障了。

當我正在思索自己究竟是在這個宇宙空間的哪裡徘徊時，虛無的畫面下半部突然出現了一個光點，而且開始埋頭前進，我終於忍不住向上級陳情。

「喂，春日。要不要退後一點？妳的旗艦太超前了。」

對於我的陳情，春日是如此回覆的。

「作戰參謀，請稱呼我閣下。SOS團團長以軍階而言，少說也是上將級的大將之流。是我們當中最偉大的。」

在我回嘴誰是作戰參謀誰又是閣下來著之前——

「涼宮閣下，長門情報參謀傳來消息，說敵軍艦隊有可疑行動。請問該如何因應？」

狗腿古泉報告軍情。春日的回答是：

「沒關係，突擊就對了！」

這真是很有春日作風的指令，但是並沒有人遵從。不，應該說沒有人會去遵從。因為大家都心知肚明，如果真和那些傢伙正面衝突，只有像朝種子島展開三段突擊的武田騎兵團一樣，被打得落花流水的份。

朝比奈學姊不安的舉手發問：

「請問……我要做什麼……？」

「實玖瑠，妳來只會礙手礙腳，所以妳的補給艦隊只要在那邊晃一晃便行了。我根本就沒指望妳。阿虛，你和有希以及古泉負責擊潰敵軍前鋒，然後由我來給對方致命一擊。而且是重重的一擊！」

拜託，誰來阻止這女人好嗎？

我將視線轉回螢幕，再度確認SOS團宇宙軍中我率領的艦隊位置。名為〈阿虛艦隊〉的我所率領的一萬五千艘宇宙戰艦，以追逐〈春日☆閣下☆艦隊〉的形式朝前線邁進。在旁邊護航的是〈古泉艦隊〉，最為可靠的〈有希艦隊〉在遙遠的前方進行搜索敵軍的行動。至於率領補給艦的〈實玖瑠艦隊〉的位置嘛……拜朝比奈學姊笨拙的操作技巧所賜，從一開戰就不斷在宇宙中演出迷航記。
「哇！到底該往哪個方向走啊？」
朝比奈學姊發出了近似悲鳴的困惑聲音，一如往常手足無措。
往哪個方向都可以。只要是在我們的後方，隨便學姊妳怎麼晃就行。雖然只是螢幕畫面上的艦隊，但我實在很不想見到傷兵名單中有冠上妳名號的艦隊出現。
突然間，我注視的畫面起了變化。〈有希艦隊〉派出的搜敵艇將情報傳給資料與她相連的我的艦隊。除了象徵我方艦隊的記號以外，全是漆黑一片的宇宙空間中，清楚標示著長門捕捉到的敵軍部隊位置。
「春日，妳快退下去。」我說。「他們將艦隊分散開來，這可能就是在搜尋妳的位置。身為大將，就要有大將之風。妳只要在後方坐鎮指揮就行了。」
「你在胡說什麼？」
春日不以為然地嘟起小嘴。
「你是打算把我排除在外嗎？好卑鄙！我也想和大夥一同發射死光和飛彈呀！」
我一邊對〈阿虛艦隊〉下達微速前進的指令，一邊說道：
「春日，妳聽好。妳的艦隊一旦被打到，我們就輸了。妳看，敵軍上前線的四支艦隊都是雜兵，旗艦艦隊大概是躲在後方下指示吧。將棋和西洋棋中的王將也不會身先士卒衝入敵陣吧？

而且現在才只是比賽的序盤而已。」

「嗯……話是沒錯啦。」

春日一臉大便，一副有失顏面的樣子。瞪著我的眼神像是貓在討餌食一樣。

「那麼，現階段就交給你們了。一發現敵軍的旗艦，就儘管砲擊。我們說什麼都不能輸給那些傢伙，非贏不可。要是輸了，SOS團的顯赫名聲就等於廢了。更何況，我就是不能忍受他們爬到我頭上！」

「閣下。」

眼明手快的古泉立即進言：

「長門情報參謀的〈有希艦隊〉已遇到敵軍前鋒，接下來要進入戰鬥模式。屬下希望，閣下能移駕到我們後方指揮全體作戰。」

雖是一派認真的台詞，但經過他嘻皮笑臉的這麼一說，聽起來就是叫人無法當真。

「啊？是嗎？」

春日被古泉這番曲意奉承說得心花怒放，雙手抱胸在團長席坐了下來。擺出沒丁點作戰指揮能力，只是階級比人高，就有隊長可當的士官學校出身新官的表情說：

「既然古泉幕僚總長這麼建議，我就這麼做吧。那麼，各位，請奮勇殺敵！把愛耍小聰明的電腦研究社那些傢伙海扁一頓。這次作戰的終極目標就是殲滅。最好是把他們統統都打成星塵碎屑！」

她這種以大獲全勝為目標的論調就動機而言是很純正沒錯，但最好別忘了，這場宇宙戰役可是對方先挑起的。相信敵軍電研社也會打同樣的如意算盤。

就個人看來，我們ＳＯＳ團的勝算遠比舊日本海軍在萊特灣大破美軍的機率來得更低。歷史並沒有所謂的if，不過就算在同樣數量和同等戰力的情形下重來，肯定照樣慘敗。還是早早舉白旗投降得好。

「嗯，這恐怕也辦不到吧。」

我捲起袖子，再度確認畫面的敵影資訊。長門就是長門，傳送過來的情報幾乎將旗艦部隊以外的敵艦位置都一網打盡了。接下來領導我軍贏得勝利的，就全靠硬被冠上誇大的作戰參謀之名的，我的頭腦和手腕了。

該採用怎樣的作戰方式呢？

「首先……好！」

我注視著筆記型電腦不時在變化的液晶螢幕，開始照著春日司令官閣下的意圖去思考結束事態的方案。不過在那之前，還是跟各位說明一下我們現今置身的狀況好了。在混亂之前先將想法整合一番，面對人生的岔路時才能做出正確的抉擇。好，就這麼做吧。

整件事的來龍去脈要從一週前說起。

某月某個秋日的放學時刻。

校慶結束後過了好幾天，校園又恢復了平靜。

上述語句是陳腔濫調般的常見引言，簡單說就是回歸到校慶之前的狀態而已。儘管如此，光是平安落幕就覺得謝天謝地的人並不只我一個。

由於其他人並沒有對我作推心置腹的告白，因此無法真正得知他們的想法。但是古泉的招牌微笑內含的安心成分似乎比往常來得重，長門慣有的面無表情就另一方面而言也是胸有成竹的保證。

近來，尤其是最近，我將這個讀書機器出神閱讀的模樣，當成是重返和平的最佳證明。假如長門開始採取怪異的行動，或是露出心慌意亂手足無措的模樣，我就得準備遺書或是自傳了。在長門的字典裡，恐怕沒有不測風雲這個詞彙吧。所以當她縮在文藝社教室某個角落閱讀國外SF原文書時，我敢說，那一定是恐怖至極的惡夢不會逼近的鐵證。

另一方面，實在看不出是未來人，對過去的事一問三不知的美少女偽女侍，今天也將毫無意義的奉茶上菜專用女性衣著做了完美的呈現，以再認真不過的眼神和動作泡出熱呼呼的日本茶。不知道朝比奈學姊是從哪學來的，她對泡各種茶葉最適當的水溫知之甚詳。而且用的不是熱水瓶的開水喔，是特地用小瓦斯爐和水壺燒開的開水。從那副一手拿著溫度計，插入蓋子打開的水壺且眼神認真的女侍外表，完全看不到迷糊的未來人蹤影。總覺得好像哪裡不太對勁，真仔細找起碴來，才發現這座SOS團基地根本沒有一處是沒問題的。因為樣樣都稱得上是光怪陸離。唯一正常的，就只有確定自己確實存在著的我的意識。哎呀，我簡直就是笛卡兒再世嘛。（註：Ren Descartes，1596～1650，法國哲學家兼數學家。「我思，故我在」一語創始人。）

這間社團教室原本屬於文藝社，不知在何時成了涼宮春日及其黨羽的巢穴。身處這個異空間中，還能繼續保持清醒的我搞不好是什麼大人物喔。仔細想想，我以外的成員個個一開始就有奇怪的後台撐腰，團長春日一直是個充滿謎團的人物，好歹算是比較能稟持著正常客觀性的成員，就只有我一人而已，如此堪憐的處境還真叫人內心不平。

裝傻四人VS吐嘈一人，不管怎麼說比例都太奇怪了。就算只有一個，一個就好，我也希望有人能和我共同分擔精神疲勞。畢竟我沒有動不動就愛吐嘈的癖好。我也有不想吐嘈的時候。為什麼只有我得背負這種重責大任？真想高唱一曲怨嘆這世間的不公平，但我又不想將谷口和國木田牽扯進來。不是可憐他們，而是他們能力不足。我不認為那兩人有足以對抗春日的語彙能力和反射神經……不，應該說他們和鶴屋學姊同樣都有點少根筋。喵的！這是狂人至上的世界嗎？

「嗯～」

我交叉雙臂，像是在思考什麼艱深事物似的唸唸有詞起來。我可不是在煩惱現在和古泉對奕的這盤圍棋下一步棋該怎麼走喔。將古泉的大量黑子逼入死境並不是什麼難事。若是把身為遊戲狂、功力卻不怎麼高明的古泉跟我相提並論的話，那我可傷腦筋了。但我煩惱的不是這個，我真正擔心的是這個世界到底正不正常。因為根據我的推測，在瘋狂世界中，唯有瘋人才能正常生存下去。精神正常的人不瘋也遲早會被逼瘋。想想就很佩服自己，居然能待在陷入狗屁不通和無條理的漩渦當中的ＳＯＳ團教室裡，以普通高中生的身分處之泰然。不說別的，光是這點我就應該得到讚揚。

「那麼，就由小弟來讚揚您幾句吧。」

就只有姿勢還算有模有樣的古泉，在棋盤上放下棋子，談笑風生地取走我的白子。雖然姿勢已經出師了，不過如果光注意眼前的棋子，幾步之遙就會一腳踩進水溝的未來亦不遠矣。

「不必。」

我答道，回看伸手攪動放棋子的容器，發出鏘啦鏘啦聲響的古泉看似真心讚美我的表情，我毫不喜悅的無力說道：

「被你這傢伙稱讚，我可是一點也不覺得高興。反倒會懷疑你是否別有居心，讓我更加惶恐不安。先跟你聲明，我可不是遊戲中的棋子。如果你以為我會照你們的腳本走，那可就大錯特錯了。」

「你所指的『你們』，是指哪個我們？冤枉、冤枉。那是因為涼宮同學和你老是製造一些離奇事件。我會在這裡，就是最好的證明之一。」

假如古泉沒有轉學過來，春日就不會挑中他，成為SOS團的一員吧。那女人真正在乎的不是「古泉一樹」這個人的性別、個性、人格或外表，單純只是因為他是轉學生，真的只是這個原因而已。算他倒楣，什麼時候不轉學，偏偏挑在怪人入學後才轉進來。或許他就是為了接近春日才故意轉進來的？假如春日夢寐以求的超能力者就是這小子，這就好像置身在不知何時會發生切倫科夫輻射，（註：Pavel Alekseevich Cherenkov，1904~1990，原蘇聯物理學家，研究被珈瑪射線照射的水的發光現象，發現了「切倫科夫輻射」。利用該效果來測量高速帶電粒子的速度的儀器，稱為切倫科夫計數器。1958年榮獲諾貝爾物理學獎。）充滿無法預測性的放射性物質附近一樣，保持距離以策安全才是他的真心話也說不定。

「那是過去式了。」

古泉注視著手中的棋子。

「的確，當時只計畫要若即若離，不著痕跡的監視她。因此當涼宮同學一開始找到我班上來，而且當天放學就將我帶到這間教室來時，我真的是嚇得直打寒顫。況且她又宣佈活動的目的是要找出外星人未來人超能力者並和他們一起同樂。我除了一笑置之還能做什麼呢？」

古泉語帶懷念的繼續說道：

「可是，現在不同了。我以前或許是謎樣的轉學生，但是現在的我已經失去了那種屬性。涼宮同學也是這麼想的吧。」

那又怎樣？在我看來，你還是很謎樣啊。

古泉環顧室內，視線在有如喜歡狹窄處的貓咪，往坐在角落椅子上閱讀的長門身上停駐了一會，又看了看直瞪著水壺不放的朝比奈學姊之後，才又繞回視線的起點。

春日不在。因為今天輪到她掃地，否則我和古泉哪能這麼逍遙啊。

在這間團長缺席的社團教室中，古泉笑得像是個正要治療傷鳥的資深獸醫般如此說道：

「我和長門同學、朝比奈學姊，以及你，現在都是偉大的SOS團的一員。雖說是比上不足，也是比下有餘。想必涼宮同學也是這麼認為的。」

敢問SOS團的團員比上比下的基準在哪？你這麼分類的意義又為何？

「當然有意義。外星人和異世界人等有別於一般人的存在是團員以上，團員以外的一般人則是團員以下。」

那谷口和國木田、鶴屋學姊和我妹都是團員以下囉？我不是要替他們和鶴屋學姊說話，只是默認那些人的存在價值比我還不如，會讓我很心痛。

「這理論很簡單。假如他們的存在對涼宮同學非常重要的話，他們就應該會成為我們的一員，而且會出現在這間教室裡。但是他們目前並不在這裡。換句話說，他們對涼宮同學而言並不很重要。證明了他們和一般路人無異。真是的，拉拉雜雜說了這麼一大堆，還是避免不了結果論。」

「異世界人呢？還沒有來嗎？」

「就結果論而言，可能不存在於現世吧。假如存在，就必定會因為某個偶然或必然的機緣，被叫到這間教室來。」

「最好別來。我可不想被帶到異世界去。」

我放下白子，宰掉古泉的大將的同時，茶杯已被放置在勝負見分曉的棋盤旁邊。

「不好意思，讓你久等了。請慢用。」

臉上掛著上任第一年，就讓弱小學校棒球隊伍贏得地區大賽冠軍的教練般的微笑，站在旁邊待命的朝比奈學姊如是說。

「我買了一種名為『雁音』的新茶葉。雖然很好沖泡……可是好貴喔。」

讓學姐自己掏錢購買真是不好意思，日後可一定要跟春日請款喔。哎呀，其實茶葉真的不用那麼講究，只要是朝比奈學姊的玉手端來的，就算只是一杯自來水，對我而言品質猶勝evian礦泉水。

「呵呵，那麼就請兩位先品嚐看看囉。」

扮演女侍已經很上手的朝比奈學姊，將茶杯放在古泉面前之後，就以純熟的動作端著茶盤，將剩下的一杯送到長門那邊。

「……」

長門和往常一樣沒有感想，但對朝比奈學姊來說，這種不發一語的反應似乎比誠摯的道謝更教她安心。至今我仍無緣拜見SOS團的外星人和未來人融洽交談的光景……不，應該說是長門至今從未和人開開心心的聊天過。算了，其實這樣也好。長門要是突然轉性變成長舌婦，我一定會嚇死。再說她如果成了像春日那種「不開口的話還好……」的女生就實在太可惜了。

向來沉默是金的傢伙，最好還是沉默到底。

像這樣邊下棋邊品茶，真的會將橫行於世的邪惡存在給忘得一乾二淨。可是，這種小市民的和平並沒有持續多久，麻煩簡直就像害怕會為人所遺忘似的，總是會周期性的來訪。

敲門聲響起。我抬起頭，看著那扇傷痕累累的廉價門，開始做心理準備。為什麼要做心理準備？因為在社團教室裡悠哉悠哉的成員是除了春日之外的四名團員呀。而春日如果會敲門，我真的會跑到最遠的位置放聲大笑。也就是說，敲門的人既不是春日，也不是SOS團的成員，而是那之外的第三者。是誰我不清楚，但鐵定是無事不登三寶殿。這樣的推理不都馬上應驗了

嗎?就像那天來訪的喜綠學姊一樣。
「來了,來了。」
朝比奈學姊穿著室內拖鞋吧答吧答響,小跑步過去應門。動作非常熟練,似乎連她都不懷疑自己是女侍。真好……什麼真好?
「啊?」
開了門的朝比奈學姊似乎見到了意外的訪客。眨了眨眼睛,
「請進……啊,您要進來嗎?」
朝比奈學姊倒退了兩步,不知為何還做出雙手護胸的動作。
「不用了,我在這裡講完就好。」
訪客的回應聽起來有些緊張,從打開的門邊探出一顆頭,慎重地打量教室裡面。
「你們團長不在啊……」
話語中掩飾不住安心的訪客就是,於不覺間和我們慢慢混熟的隔壁教室的主人,電腦研究社的社長。
因為都沒人有動作,我只好出去當窗口。朝比奈學姊呆立不動,古泉只是面帶微笑看著學

長，長門更是只盯著書。

「請問有什麼事嗎？」

對方畢竟是學長，對學長說話使用敬語是天經地義的事。我站了出去，護在朝比奈學姊前面。嗯？連教室門檻都沒跨過的電研社社長，後面聚集了好幾位彷彿是無法成佛的歷代祖先變化而成的背後靈模樣的男學生。幹嘛？討伐的季節還沒到啊。

社長發現來接洽的是我時，似乎鬆了一口氣，輕輕地笑了起來，挺了挺背脊。

「那麼，這個你收下。」

他不曉得要幹嘛，突然遞給我一個單片CD盒。姑且不論我會不會收下，電腦研究社不可能會出自善意送我們禮物，因此我當然投以懷疑的眼神。

「不不，這不是什麼可疑的東西。」社長說：「裡面是遊戲軟體。是我們社團開發出來的原創遊戲。之前在校慶發表過，你沒印象嗎？」

很抱歉，我沒有那種美國時間。校慶我唯一有印象的，只有輕音樂社的樂團演奏和朝比奈學姊的炒麵飲料攤服裝。

「是嗎……」

雖然電研社社長臉上不見沮喪，雙肩卻有點垂了下來，「是因為參展地點太爛了嗎……」口中唸唸有詞。假如你只是來寒暄的，現在就可以走人了。不然等春日回來，怕又會無事變小事，小事成大事。

「我當然是有事才會來。不過，長話短說是比較好。那麼，我要說囉！」

只見那位社長不斷冒汗，欲言又止；背後靈集團也是一副毅然決然的表情不住點頭。那就快說吧。

「用遊戲一決勝負吧！」

社長以變調的聲音叫喊，再度將ＣＤ盒遞給了我。

我們幹嘛一定要和電腦研究社用這種東西對戰啊？假如欠人陪你們玩的話，我給你們一個良心的建議，最好再去別間社團教室碰碰運氣。

「這不是遊戲！」

社長似乎打算抗戰到底。

「這是勝負！而且是有賭注的勝負！」

那你找古泉去。他絕對願意待在電研社的社團教室陪你們戰到地老天荒。

「不是！我們是想和你們一決勝負！」

拜託你幫幫忙，不要開口閉口都是勝負勝負。春日那個順風耳的功力你們又不是不知道。萬一被那個自信心不知從哪冒出來的自大鬼聽到那個單字的話——

「嗚哇！」

「咳咳。」

在一連串怪異的對白之後，社長的身影就被人給踢飛似的橫過眼前，從我的視界消失了。

「哇!?」「社長！」「要不要緊?」

大約過了幾秒之後，只見背後靈社員們驚聲尖呼，跑去依偎在橫躺在走廊上的社長身旁，我則是緩緩地將視線橫移。

「你們是誰呀?」

睜著晶亮的雙眸看著電研社的社員們，綻開漂亮唇形的那個女人，正是涼宮春日。

對社長使出了和偷襲沒兩樣的飛踢並漂亮著地的她，神情十分得意。

春日炫耀似的撥了撥耳際的頭髮，

「邪惡集團終於來襲了。你們一定是視我的SOS團為眼中釘的秘密組織。我不會讓你們得逞的！因為我們揹負著照亮黑暗，根絕邪惡的正義使者的使命！雜魚就要有雜魚的樣子，出現一個鏡頭就快快消失！」

跌倒時似乎撞到頭的社長哀嚎呻吟不住，他的社員們紛紛在旁查看傷勢，擔心得不得了。

因此聽到春日口諭的人，好像只有我一個。

「春日，不是我說妳──」

自從我進高中後，這不知道是第幾次對春日好言相勸了：

「好歹等人家把話說完再來動手動腳也不遲吧。喏，拜妳所賜，連我也不知道他們是來幹嘛的。只知道他們想用電腦遊戲一決勝負——」

「阿虛！勝負這種事，一說出口就定案了。宣言就等於是宣戰。輸家說什麼都是藉口！還沒打贏之前，誰有閒功夫去聽他們說什麼。」

春日活像是要去檢查戰利品的獵人般走向社長，用失禮又失望的聲音說道：

「什麼啊，原來是隔壁的。為什麼這種傢伙會來找我碴？」

所以說，我才要妳給他一個說明的機會呀。不給機會就把人家一腳踹飛的人就是妳。

「因為……」春日嘴巴嘟得老高，「我以為是學生會來逼我們交出社團教室嘛。算算也差不多快來了。真是，好事沒半樁，壞事倒一堆！」

「就算對方是學生會，也犯不著把人家踢飛呀。」

我正努力勸諫春日的當兒……

「說到這就想到，那個活動還沒有舉行……」

不知何時，站在門口的古泉突然出現在走廊，若有所思地接了春日的語尾。這人真的很哪壺不開提哪壺耶！

「嗚……ＳＯＳ團，你們好卑鄙……」

不斷呻吟的社長好不容易站了起來，由社員從兩旁攙扶著：

「總、總之，讓我們一決勝負吧。我知道我們話不投機半句多，所以有預先擬好一封文書過來。你們看了，就知道勝負內容為何。」

只見社員之一將一疊影印紙和ＣＤ盒，活像是要以生肉餵野獅似的戰戰兢兢拿過來。

「辛苦了。」

古泉笑著收下。

「遊戲軟體我確實收下了，請問有沒有說明書呢？」

社員之二又將一疊紙塞給了古泉。然後小聲地說：

「社長，事情交涉完畢了，我們回社團教室去吧。」

「嗯，回去吧。」

他虛弱地點了點頭，

「那麼，我們告辭了……」

說明到一半就想開溜的社長，脖子被春日牢牢抓住，動彈不得。

「給我好好說明完再走。休想用文言文將我打發掉。要用這個頭腦差得可以的笨蛋阿虛也聽得懂的白話文，好好解說一次！」

妳說誰是笨蛋？

可憐的電研社社長，就這麼被提回文藝社教室。其他社員連抗議都來不及，更遑論伸出援手了，門就此被關上。

結束熱熱鬧鬧的校慶之後，不同於一年到頭都很愛湊熱鬧的春日，全校師生都已經回復到日常平靜的校園生活。但電研社似乎也是意猶未盡，想大幹一場。可是，看看隻身坐在鋼管椅上提心吊膽的電研社社長的模樣，實在像透了在迷宮最深處和隊伍失散，被殭屍團團包圍，MP歸零的白魔術師。連心情同樣七上八下的朝比奈學姊所泡的茶一口也沒品嚐，就開始接受春日的盤問。

簡單列舉一下盤問的重點好了。

電研社社長的要求如下：

1. 用電研社自創的對戰遊戲一決勝負。
2. 假如我們贏了，目前安置在SOS團桌上的電腦，就要乖乖回到原本應在的場所。
3. 歸根究柢，SOS團根本就用不到那麼好的多功能型電腦。電腦應該是放在電腦研究社才能物盡其用的器材。強烈要求物歸原主。
4. 搶奪電腦時帶給社長和社員們精神上莫大的苦痛，就趁這機會忘掉吧。不，其實我們也很想忘掉。就彼此都把它忘掉吧。

5. 基於上述的理由，你們必須接受我們的挑戰……開戰吧！

古泉轉交給我的那一疊紙，上面用狗屁不通的文筆寫了一堆不知所云的瑣碎事項，其實意思大約就是這樣。基本上很像是起訴書兼挑戰書，不過因為我只大致看了一下那份用電腦列印出來的工整文書，春日乾脆直接從社長口中打聽出來。其實他的用意很簡單：

「電腦沒在用的話，就快點還給我們。」

社長如是說。春日詫異地回答：

「我有在用啊。而且還常常用呢。前陣子的電影就是用這台電腦剪輯的。」

正確說來，在使用的人是我才對。

「還做了網站呢。」

那也是我做的。春日除了逛逛網路打發時間與描繪和塗鴉沒有兩樣的象徵記號之外，根本就不會用到電腦。

「你們那個網站，都過了半年才只弄出導覽頁！而且已經好幾個月沒更新了。」

社長氣嘟嘟的說。看來他就是定期上那個陽春網站，不時讓瀏覽人次增加的常客。原來如此，難怪他會被封閉在巨大蟋蟀裡。這麼說來他對我們有沒有好好在使用電腦，真的在意得不得了。

「可是我去要電腦時，你也說要給我啊。阿虛，你也記得吧？」

有嗎？朝比奈學姊蹲在地上哭個不停，我見猶憐的模樣，我是記得很清楚；可是當時社長說了什麼話，我就沒去注意了。就算有好了，當時的社長心神處於耗弱狀態，就算達成了什麼交易，也應該是無效。

「抗議，我嚴正提出抗議！」

看樣子，社長這回是來真的。雙手抱胸、嘴巴緊閉，一副壯士斷腕的堅決模樣。事情都過半年了，我以為他早就死心了，想不到他的心頭火卻是越燒越烈。

「哦──」春日笑著點了點頭，「好吧。既然你那麼想一決勝負，我就成全你。我們這邊的賭注是電腦吧？那你們的賭注是什麼？」

「還會是什麼，就是那台電腦啊。假如我們輸了，那台電腦就留在妳們家。」

春日面不改色的回應：

「這台電腦早就是我們的所有物了。拿回自己的所有物多沒意思。要賭就拿別的東西來賭！」

我不自覺地為春日這番說詞感動不已。不管是什麼東西，那女人就是有辦法把非法到手的東西合法化。她將來是打算去當賊嗎？

可是，社長不僅沒有勃然大怒，反而擠出僵硬的笑容說：

「好吧。假如妳們贏了，我就送妳們新的……對了，就送上四台個人電腦認賠吧。筆記型的可以嗎？」

願賭服輸，還把賭注加大。千算萬算也算不到他會這麼說的春日——

「什麼？可以嗎？」

飛快地從團長桌上跳下來，死盯著社長的臉不放。

「你是說真的吧？要是中途反悔，我絕對不會饒你！」

「我不會反悔。要我立血書也行。」

見到如此強勢的社長，我突然有點理解他的自信所為何來。

長門從剛才就直盯著手裡的CD，裡面究竟是什麼樣的遊戲，我還不知道，但是可想而知，那一定是製作小組嘔心瀝血的作品。姑且不管電研社內是否全是技術一流的電玩高手，他們八成以為SOS團的電玩白癡們一擊就碎。其實我也是這麼想。提到真正的比賽，不管是比什麼，我們都不大可能獲勝。之前棒球比賽會贏，全是靠長門那支神奇球棒，而不是我們的實力。

但是，顯然有一個人並不了解。

「你們社裡沒有女社員吧？」

春日沒頭沒腦的如是問。

「是沒有，然後呢？」社長如是答。

「你想要女社員嗎？」

「……不、不想。」

社長努力的虛張聲勢，春日則像是壞心的老鴇般皮笑肉不笑的說：

「假如你們贏了，我就把這個女孩賞給你們。」

她指著的是長門的臉。

「你們也想要女社員吧？有希非常好用，記憶力佳，又是我們當中個性最乖巧的。」

妳這呆子！這種提案妳怎麼說得出口？對方拾出了四台電腦，我們只拱出一個不會太少嗎？何況四台電腦和一個長門的規格又不同。雖說妳的大腦可能沒有那種認知。

「…………」

儘管被當成贈品，長門還是相當平心靜氣。幾乎紋風不動的她飛快的看了我一眼，越過春日，視線在電研社社長臉上定格。

社長的表情明顯有所動搖，略顯猶豫的說道：

「呃……可是……」

「什麼？難道你是想選實玖瑠？還是你覺得四台電腦配不上一個長門？好吧，那就再設個副獎。假如我們贏了，你們社團就要改名叫作『北高ＳＯＳ團第二分部』。」

「啊……呃……？那個……」

春日的話讓朝比奈學姊蒙著唇邊，當場成了冰凍人。

「妳自己去當獎品吧。」

我憤慨的轉向春日。

「不要動不動就把長門和朝比奈學姊當成物品！要賭就拿妳自己去賭！任性也要有個限度！」

「你胡說什麼？ＳＯＳ團最神聖、最不可侵犯的象徵性存在，就是團長！就算說是團本身的代表也不為過！除非是我認定的人，否則我不打算讓出這個職位！」

等妳畢業之後，還打算據團為王嗎？

「還有，誰都不可能和我等價交換！就算找遍全世界也不可能找得到！」

春日以歪理毫不費力的閃避我的攻擊，輪流指著無言長門和啞口朝比奈學姊，朝社長一步步進逼。

「說！你要哪一個？」

說著說著，還斜睨了我一眼追加這麼一句話。

「如果無論如何非要我不可的話……好吧，選我也可以。」

不愧是社長，絲毫不為春日的戲言所動。我循著他的眼光仔細觀察，發現他的視線在長門附近來回梭巡了好幾次。這我倒是可以理解。

揹負著對朝比奈學姊襲胸的污名十字架的前科犯，自然沒膽指名其惡行下的受害人。而且聽谷口說，長門有許多隱性愛慕者，或許社長喜歡的正是這一類沉默寡言的書香少女。他在朝比奈學姊面前抬不起頭來也是原因之一。加上他似乎還保有不露骨表態「想要女社員」的謹慎，所以看上長門是必然的結果。

什麼，春日？哈，在她的劣根性名聞全校之後，還會指名她的男性若不是天生的被虐狂，就是怪角一個。不過，再怪也不會比春日怪。所以對她我可是放心的很。

於是，戰鬥的舞台就這麼被搭起。

一度走出文藝社教室的社長，又率領手下折返。他們手上拿著的，如果我沒看錯的話，正是筆記型電腦。我以為那是預付的獎品，正佩服他們的大方時，才曉得玩這個遊戲一隊要配五台電腦。那群人不知是電腦研究社社員還是電信業者施工人員，敏捷的為春日御用的桌上型主機和四台筆記型電腦接上ＬＡＮ，再將自家品牌的遊戲軟體安裝進去。由他們的對話中，可知比賽內容是五對五的線上宇宙戰鬥模擬遊戲。總之就是ＳＯＳ團這邊準備五台電腦，電研社也準備五台電腦，掛在同一個伺服器上廝殺對戰。只是我們在我們的社團教室，他們在他們的社團教室用電腦作戰而已。

當然，作為伺服器的主機是設在他們的社團教室。嗯，原來是這樣啊。

「給你們一個星期練習，應該夠了吧？」

社長得意的看著社員們靈敏俐落的動作。

「一星期後的下午四點開戰。在這之前好好練功吧。對手太弱的話那可真是掃興啊。」

言下之意似乎是贏定了。這點倒是和春日如出一轍。一想到即將增加新的物品，她也笑得合不攏嘴。

「嗯，我正想添購筆記型電腦呢。電腦還是要人人一台才行。設備上的投資可是激勵勞工很重要的一點喔。」

我的動力可不是區區一台筆記型電腦就能收買的。不過妳既然說要送我，那我是不拿白不拿。

我把冷掉的茶喝掉，不經意瞄到長門的表情。和朝比奈學姊一同站在牆邊，看著電研社社員進行組裝的那張無表情面具，感覺不出有任何波動。平靜一如以往。

他們製作的遊戲應該不至於放病毒吧，但也不見得一定沒有。假如有，長門一定不會坐視不管。有她在，我就放心了。不管電研社使出多陰險狡詐的手段，想要讓長門陰溝裡翻船可不是件容易的事。

當我把玩喝光的茶杯時，朝比奈學姊趕緊跑到我身邊。

「阿虛……請問……我現在要做什麼？我對機……機械類的東西實在是沒轍……」

困惑的眼神落在不斷增加的管線上。其實也不用那麼煩惱啦。

「這只是遊戲，妳就當是在玩耍就行了。」

我如此安慰她。事實上，這也是我的真心話。假設這場比賽的賭注真的是長門和朝比奈學姊，那我絕對毫不猶豫、力拼到底。如果是春日使詐得來的電腦歸不歸還的問題就另當別論。對我而言，電研社提出的條件可說是高報酬又無風險。我們兩隊之間的障礙和自信，差就是差在這裡。

「這是輸了沒損失，贏了喊萬歲的比賽。所以這一次，春日沒有推三阻四。」

我鏗鏘有力地說，為了消除朝比奈學姊的不安還故意笑了一下。

「可是，涼宮同學……似乎相當投入？」

等不及電研社撤退，春日就把手捧類似說明書的影印紙的古泉抓到團長桌旁，握住滑鼠躍躍欲試。

不知為何，社長以下的那些隔壁的社員看來很心滿意足，甚至可說是洋洋得意的離開。活像完成了什麼豐功偉業似的。

在那之後，我們個別對那些電腦進行測試。測試完畢已近日暮時分，今天就此散會。

在我們五人集團一起回家的路上，我和古泉有過一番對話。與走下坡道的女子三人組拉開數公尺的距離之後，我開口說：

「前陣子，我才決定將某個詞打包封箱的說。」

「哦？是哪個？」

「你猜猜看。」

古泉的嘴角微微露出苦笑，故作沉思了一下：

「站在你的立場，我想需要封口的詞應該沒幾個吧。表示無言的『……』或是『妳有完沒完！』雖然也很有可能，不過最恰當的答案應該只有那個不是嗎？」

我沉默了下來。古泉溫和的笑笑，說出了解答。

「好吧好吧。」

而且還奉送聳聳肩、雙手高舉的動作。古泉唱作俱佳的擺擺手，說道：

「你的心情我非常了解。」

你會了解才有鬼。

「不不，你只是極力想避免自己陷入千篇一律的心境。老是重覆同樣的動作，不管他人有沒有察覺到，你自己也會膩。那就像玩過千百次，早就索然無味的遊戲，你壓根就不想碰一樣。其實你是在害怕自己哪天膩了怎麼辦。涼宮同學也是。不同的是，她向來是以自己的行動為思考主軸，而你的思慮卻受制於她的行動。你說，到底誰的立場比較輕鬆呢？」

你用心理醫生分析的口吻跟我說這些幹嘛？我精神狀態的缺口豈是你以東拼西湊的牽強理論就能填補的？滿口道理的你怎麼不檢討自己的行為？對春日的行動百依百順的人，有什麼資格說我？

「百依百順歸百依百順，我們都是心甘情願待在這裡的喔。你忘了嗎？我和長門同學、朝比奈學姊三人的主義與主張雖然不盡相同，齊聚一堂的目的卻是大同小異。想必不用我說，你也知道監視涼宮同學才是我最重要的任務吧。」

就是這樣我才鬱卒。為什麼只有我，什麼目的都沒有就被拉進SOS團，然後就莫名其妙跟著那女人東征西討？搞什麼鬼嘛！這到底是誰的陰謀？

「我怎麼可能會知道呢？」

古泉玩味的目光與我對望。

「其實，不光是涼宮同學，你現在也成了我們的觀察對象。今後不論你和涼宮同學做什麼，我都會戰戰兢兢的迎接挑戰，同時當作是在長見識開眼界。單憑這點就值得感謝。我不是在開玩笑，我是真的很感激你們。」

受苦的人不是你，你當然還有心情感激。

不知是不是校慶過後，我的神智清楚了許多，總覺得四季分明的山風裡帶了點冷冽的秋天風味。我實在是無法喜歡這個季節。想到接下來會一天比一天冷，就覺得春日的暴虐要好多了。

天色已黑，一個人喋喋不休的春日、不時附和的朝比奈學姊、放學回家時除了步行以外的機能全部關閉的長門，三人一塊走在前方的路上。長門的書包鼓鼓的，裡面放的是她分配到的那台筆記型電腦。我問她帶那個回家做什麼，長門邊將遊戲ＣＤ片丟進書包，邊回答：「解析。」看著她的身影，我突然想起一件事。

「對了，古泉。我有一個提案。」

「真是稀奇。願聞其詳。」

慎重起見，我壓低了音量。

「這次和電研社的遊戲對決，我們不要作弊好不好？」

「你所謂的作弊是指……？」

古泉也小小聲地回問。

「就是棒球比賽時，長門使用的那個呀。」

可別跟我說你忘了。

「我先跟你說喔，假如你真的擁有讓模擬遊戲一面倒向我方的超能力，也不要用。不只是超能力，任何手段、任何有違規之嫌的機關，你都不准給我用！」

古泉微微一笑，對我投以探詢的目光：

「你是不是有什麼意圖？你認為我們輸了也好，是嗎？」

「是的。」

這我承認。

「就這次，凡是和外星人或是未來人，抑或是與超能力者有關的使詐伎倆統統都不能使用。堂堂正正決勝負，清清白白迎輸贏。這才是最佳手段。」

「請問你的理由是……？」

「就算輸了，我們的損失也只有搶來的電腦一部。況且那也只是物歸原主，對我們來說沒什麼大不了。」

只不過在歸還前，得先將朝比奈寫真集錦移到某處就是了。

「我想知道的，並不是電腦歸還與否的事。」

古泉以饒富興味的口吻說：

「你也知道，涼宮同學不喜歡輸的感覺。萬一比賽節節敗退，讓她一時不爽，又創造出一個閉鎖空間暗中大暴動的話，這樣你也無所謂嗎？」

「無所謂。」

我看了看春日的背影。

「那女人也該學習長大了。不可能事事都順她的意。何況這次的對決不是春日主動提出，她對輸贏應該不會執著到哪去。」

明天也得跟長門提一下封印ＥＳＰ的事才行。要不要先跟朝比奈學姊講一聲？雖然實在很難想像自爆是機械白癡的她，會用什麼特殊能力或是禁止項目在星際大戰中有一番作為，不過慎重起見，還是跟她講一聲的好。

古泉發出了低低的笑聲。他是想幹嘛？真噁心。

「不，我不是在笑你。我只是覺得很羨慕你。」

我哪一點值得羨慕了？

「就是你和涼宮同學之間，那層肉眼看不見的信賴關係。」

你在說什麼東西呀？有聽沒有懂。

「你想裝蒜嗎？啊不，你是有可能不知道。涼宮同學對你相當信賴，你對她也十分信任。」

我信任誰，是你說了算嗎？

「假設，一週後的遊戲對決真的輸了。可是，你卻認為涼宮同學不會因此就創造出閉鎖空間。你就是這麼信任她。同時，涼宮同學也深信有你在的話，這場遊戲大戰就穩操勝券。這也是一種信任。她會以團員的去留作為賭注，就是因為確信這一戰不可能輸。雖然你們彼此絕不會說出口，但你們兩人之間的確存在著最佳拍檔也不過如此的信賴關係。」

我整個人潛進了沉默的井底。為什麼我遲遲想不出半句反駁的話？難不成是因為古泉的推論正中我心坎的紅心？信不信賴的問題交給專家去評斷，我的確認為春日在精神世界不會一而再再而三暴走。只要回顧這半年來就知道了。從SOS團創立以來到電影拍攝的這段期間，發生了許多風波，也留下了許多回憶。我本身也因而成長了許多，想必春日這一路走來也是。不然那女人就真的是天字第一號呆瓜，還是無藥可救的那種。

「這事的確值得一試。」

我的舌頭終於找到話說了。

「萬一和電腦研究社的遊戲對戰輸了，春日又因而創造出異常詭譎的邪惡灰色世界的話，這回我就不管你們了。就和春日一起去蹂躪世界吧。」

古泉又微微一笑，一副理所當然似的說道：

「那正是信賴感呀。現在你明白為何我會羨慕你了嗎？」

我沒有回答，只是專注於步伐上。古泉似乎還想補充說明什麼，但是察覺到我不打算理會，最後什麼也沒有說。

算了。我早就習慣古泉若有所思的模樣了。就跟朝比奈學姊在社團教室扮女侍、春日隨時都充滿不知打哪生出來的自信一樣，是再平常不過的事。

也跟長門平日稀薄到幾近不存在的存在感一樣平常……雖然我很想這麼說——

一週後對電研社之戰，我看到了意想不到的光景。

隔天一放學，我們就以隔壁教室的那群人為假想敵進行特訓。講是講特訓啦，說穿了也只是在玩電動。現在就馬上為各位大致解說一下由電腦研究社製作的這款原創遊戲吧。

《The Day Of Sagittarius 3》

就是這套遊戲軟體的名稱。乍看覺得很酷，仔細玩味又覺得不知所云。沒關係，名稱不重要，重要的是裡面的軟體。不這麼說的話，SOS團名下的我們就沒有立場了。要論名稱和活動內容有多沒有意義，又多搭不上線的，放眼全球沒幾個組織賽得過我們這一團。不過既然是3，表示之前已出過1跟2了是嗎？

當務之急，當然就是解說構成《The Day Of Sagittarius 3》這款遊戲背景的世界觀——時代的話不可考。只知道是在無止境的未來，人類往外太空發展，轉眼就建立起稍具雛形的版圖。大致上就是宇宙規模的，發生在某個恆星系的領地爭霸戰。在那裡有兩個對立的星際國家，為了國界問題互不相讓，展開了無止盡的鬥爭。為求方便起見，姑且將一方稱之為〈電研聯邦〉，另一方命名為〈SOS帝國〉。至於故事情節，不外乎是兩國因為戰場在外太空而備有宇宙軍艦隊，星際情勢風雲告急時，更是不吝惜的將現有戰力全投入前線，重複進行無益的戰爭，直到完全殲滅對手，字幕打出終曲的字眼。至於外交與謀略等會妨礙純粹戰鬥行動的多餘指令一併不存在。只需要專心消滅對手，可說是春日喜歡的類型。

遊戲的開始畫面，是漆黑的一片。在螢幕下方閃耀著藍光的，是我們所操縱的艦隊。形狀為底邊較短的等腰三角形，共計五個，在旁邊排成一列。這就是春日統御的〈SOS帝國〉全軍的戰力。一個三角形約有一萬五千艘宇宙戰艦，所以總數是七萬五千艘，各艦隊都有少數的補給艦隨行。操控那些戰艦將數目相同的敵軍〈電研聯邦〉艦隊擊潰，就算達成勝利條件。但是這次比賽的規則略有不同，是只要將兩軍的大將艦隊——在我方就是〈春日☆閣下☆艦隊〉的旗艦，在對方就是電研社社長艦隊的旗艦——一舉擊潰，不論全軍的損傷、擊沉數目多少都無關緊要，當一方大將的旗艦被擊沉的那一刻，勝負就分曉了。

在艦隊的分配上，我們是一人分到一支艦隊，在自己的電腦上只能操控自己的艦隊。就算春日再獨斷獨行，也無法直接干涉我在使用的筆記型電腦。

這款遊戲在某一點異常的講究。那就是不徹底搜索的話，別說是敵人的位置，連這片宇宙空間飄浮著什麼樣的障礙物也不曉得。總之，若要移動艦隊的位置，又怕會在前方撞上什麼不知名物體，就得先派出搜敵艇巡視一番，而且得等到搜敵艇回報，才能掌握到周圍的狀況。是有那麼一點不乾脆。

艦隊本身的視界範圍只有半徑幾公分（遊戲畫面上的距離），要是忽略搜敵行動直接前進，就會在意想不到的角度遭受敵軍偷襲，更悲慘的是連敵人的位置都還摸不清楚。

不過，同一方的艦隊彼此之間（好像設定成）是以資料相連的方式結合。譬如長門的艦隊視界，或是搜敵艇得到的情報，可以供我軍全體分享。也就是說，即使我什麼都沒做，也能在漆黑的畫面中看到明亮顯示的行星、小行星帶，以及搜敵時敵艦所在的位置。

儘管如此，整個星戰地圖還是相當幅員遼闊。因此，能否迅速鎖定敵人位置並預測其行動，可說掌握了勝利的關鍵。

可以使用的武器有兩種，一是死光，一是飛彈。只要敵人一進入射程，發射死光的瞬間就能命中。飛彈的速度比較遲緩，但是附有歸向功能。所以要是迎面而來的飛彈設定成導航模式將無可避免，要活命只能一一擊墜。

大致說來，這是一個以宇宙為舞台的2D艦隊模擬遊戲。由於採取的不是回合制，而是即時制，所以若是抱著悠哉的心情探索整個星際，要不了多久就會慘遭敵人圍剿。在這方面還真是異常的嚴苛。

面對即將到來的戰役，我們立刻進入遊戲週。只有春日坐在團長桌前使用桌上型電腦，其他四人都是緊盯著排放在長桌上的筆記型電腦，不停地按著滑鼠。這種超現實的光景看來會成為SOS團最近這一陣子的活動內容。練習時不是採對戰模式，而是CPU戰。儘管將難度調到VERY EASY，獲得一勝也花了三天時間，所以我方的電玩技巧等級，幾乎可說是從地幔層（註：地殼底下大約深二千九百公里的地層名。）的底下用手動鑽孔機一層層爬上來那樣的程度。

「啊！又被擊中了！阿虛，這款遊戲真的很令人火大！」

和電腦對戰拿這種成績的話，就算不是春日也會相當光火，但這可不是遊戲的平衡度出問題，而是某人的戰艦總是沉不住氣而猛衝，所以才會單方面遭到對方集中砲轟。

「有一個方法，就是改變戰術。」

我的視線從傳出淒涼配樂宣告GAME OVER的液晶螢幕移開。

「最好重新分配艦隊的參數。尤其是妳的旗艦艦隊。」

各支艦隊的戰力分配參數有三項。『速度』、『防禦』和『攻擊』。玩家一開始會拿到100點，然後在初期設定畫面分別配給三個參數。比方『速度・30』『防禦・40』『攻擊・30』這樣。就是因為春日將設定改成『速度・50』『防禦・0』『攻擊・50』，導致那女人的艦隊裝甲跟瓦楞紙做的沒兩樣。真想告訴她：不要藐視宇宙！總之，那女人一心只想快點擊潰敵艦，要是在我和古泉力挽狂瀾之際，旗艦就被擊沉的話，就算她想指揮作戰也沒得指了。

「我受夠了！這真的很麻煩耶！這種遊戲有什麼好玩的？我喜歡簡單一點的。」

儘管抱怨個不停，春日還是不厭其煩的重新開始。我的筆記型電腦畫面上再度出現《The Day Of Sagitarius 3》的LOGO。

春日愉悅的點擊滑鼠同時說道：

「這如果做成RPG就好了。那班人扮演魔王或是邪神，我則是勇者。開場畫面之後就直接進入頭目戰是最好。我一直覺得奇怪，頭目幹嘛要在迷宮深處呆呆的等，一開始就登場亮相不是很好嗎？如果我是魔王，就會那麼做。這麼一來，勇者們也不用在長得要命的迷宮裡繞來繞去，故事也能很乾脆地畫下句點。」

我無視春日的瘋言瘋語，一一看向身旁排成一列的其他團員。坐得離春日最近的是古泉幕僚總長，接著是我，再隔壁是朝比奈學姊，坐在最邊邊的是長門。

「這款遊戲真的很難玩。也可能是我對這類遊戲不擅長的緣故。操作雖然簡單，卻挺刁鑽的。」

古泉在發表這段恰如其分的感想時，露出了和下黑白棋時同樣爽朗的笑容。無此必要，卻照樣做女侍打扮的朝比奈學姊說：

「哇哇～根本就無法照自己的意思移動嘛。可是，為什麼背景設定在宇宙，行動範圍卻限定在二次元呢？」

她一股腦兒丟出基本的疑問，同時用生疏的手勢移動滑鼠。

這兩人的怨言，我都能體會，唯獨剩下的那個，對我而言才是最大的懸案。

「…………」

長門有希看著顯示器的專注目光，猶如面對高難度數學問題的數理學者。最早適應這款遊戲的人是她；之所以能不受春日橫衝直撞一直線戰法影響，取得第一次也是唯一一次勝利，也是由於她精確的艦隊運用能力正好發揮了作用。

我當然有先打過預防針。午休時我跟她說，請她絕對不要使用魔法或是資訊操作之類的超秘技。有好幾秒，長門一直目不轉睛看著我，最後默默點了點頭。我肩頭的重擔頓時減輕不少。拜她之賜，我終於可以無牽無掛的挑戰這片遊戲軟體。假設我們真的贏了電研社，那一定是出了什麼差錯，人非聖賢，孰能無過？出差錯也是沒辦法的事。嗯，逃避責任的藉口也安排妥當了。

接下來只要重新擬定能力抗敵軍的戰術，構思一齣全力應戰卻飲恨落敗的悲情戲碼。另外，也不能忘了將朝比奈寫真檔案燒成CD。

如同愛造反的秋天般風波不斷的一星期就這樣過去了，開戰時刻終於到來。

春日率領我們在文藝教室就定位，電腦研究社則在他們的社團教室死瞪著遊戲畫面上的倒數讀秒。

正式開戰前，螢幕上顯示了彼此的艦隊介紹一覽表。說是這麼說啦，其實上面也只有名稱和旗艦配置於哪一隊爾爾，參數和艦隊位置均秘而不宣。

電研社艦隊的名稱以旗艦艦隊為首，依次加註了〈Dies Irae（神怒之日）〉、〈EQUINOX（秋分）〉、〈Lupercalia（牧神）〉、〈BLINDNESS（盲目）〉、〈Muspellheim（火之鄉）〉等五個個別名稱。

連取的艦隊名稱都如此叫人反感，讓我有種只知道他們很忙，卻只是瞎忙一場的感覺。對電研社艦隊名稱的由來，完全沒興趣知道的人似乎不只我一個。

「真麻煩！從右邊依序叫敵A．B．C．D．E好了。旗艦部隊是A。」

春日很乾脆的替敵軍艦隊取了新代號，將對方自命不凡的暱稱完全拋諸腦後。既然如此，何不乾脆把我指揮的〈阿虛艦隊〉也一併休掉？

「大戰差不多要開始了。大家聽好，一定要搶得先機。這不過只是個開始，我們的敵人不是只有電研社。唯有將所有妨礙者清除殆盡，SOS團才能夠威震八方、揚名宇宙！等過一陣子，我打算跟教育委員會接洽，在各公立學校設立SOS團分部。光有野心是不夠的，要懂得把餅畫大！」

大家不知對春日那誇大妄想症般的登高一呼有何感覺。古泉以拇指彈彈鬆弛了的嘴皮；朝比奈學姊拉拉女侍服的衣袖；我假裝在做深呼吸，嘆了一口長氣；長門的眉毛則是抽動了一下。

「算了，反正我們也不可能輸。雖說一定會贏，我可不准你們放水！手下留情是藐視敵人的行為！既然要打，就要全力以赴！」

我經常在想，這份自信的原料到底是什麼？真希望她能分我一點，即使只有兩毫克也好。

「是嗎？那我就來為你打打氣吧。」

不知道哪根筋不對，春日突然死瞪著我不放。

不要用那麼嚴肅的表情看我。不管妳看多久，我都不可能吐出上上籤給妳的。

就這樣，我們對望了十秒之久，最後我受不了，先移開了目光。這時候——

「怎樣？是不是有精神一點了？」

瞪…

春日露出勝利的笑容。那種大眼瞪小眼的遊戲會有什麼提神功效在？

「我將我的能量利用目光注入你體內啦！你的身體現在是不是熱熱的？你應該也感覺排汗變發達了吧？對了，下次我看到沒有精神的人，就這麼做吧！」

拜託，妳千萬別在眾目睽睽下死瞪著人看。當我在腦中模擬如何逃離誤將春日的能量注入行為，當作是來找碴的不良軍團的對策時——

「大戰即將開打。」

聽到了古泉興緻勃勃的聲音，我的視線又兜回電腦畫面。一個人窮緊張的朝比奈學姊以十分不安的聲音自言自語起來：

「……怎麼辦？我一點自信也沒有……」

妳不用緊張，這只是遊戲，不會真的有人傷亡的。就算有，那也是慘遭池魚之殃的顯示器。

讓我們共同祈禱，春日不會因為輸了惱羞成怒，憤而將電腦丟出窗外洩恨吧。

十六點○○分。

開戰的軍樂聲響起，為電腦所有權爭奪戰揭開了序幕。

當初，〈SOS帝國〉軍擬定的作戰計畫是這樣的。

先鋒由〈有希艦隊〉擔任，後面佈署〈古泉艦隊〉和〈阿虛艦隊〉，更後頭是〈實玖瑠艦隊〉和〈春日☆閣下☆艦隊〉。

——就這樣，沒別的了。

以一句「麻煩！」駁回搜敵艇派遣令的春日，一心只想著如何摧毀敵方艦隊，在兩軍實際交戰前，什麼忙都幫不上是再清楚不過的事實。

比春日更幫不上忙的朝比奈學姊，需要整合分配從各艦隊挑出的補給艦，因此象徵〈實玖瑠艦隊〉的單位，以略大於其它艦隊的三角形構成。所以動作變得笨重許多，我對她下的明確指示是「快被戰火波及的話，就趕緊逃吧。」，是既合情又合理的行動方針。

此外，春日艦隊的參數設定是『速度・20』、『防禦・60』、『攻擊・20』。主要是由於她的部隊一旦被摧毀，我方當下就敗北，因此提高防禦力是必然的決斷。上前線打仗的是將參數平均分配為『33』、『33』、『34』的長門、古泉和我，會如此配置，是想說春日一直在後方按兵不動的話，正好可以爭取到一些時間，但我才稍沒留意，所看到的就是本篇開頭出現的情景。

而現在，就是我一開始跟各位稍微提到，電腦研究社和SOS團進行的模擬遊戲對決戰火已經引爆之際。

「沒辦法。好吧，那我就暫時退到後方去，敵人就由你們負責殺得落花流水。實玖瑠，我們一起觀戰吧。」

「啊……好……好的。」

坐我右邊的朝比奈學姊乖順的點了點頭，以混合甜美氣息的柔細聲音說道：

「阿虛，加油喔。」

這真是讓人不禁想報以上百種努力打拚的有效聲援。假如旗艦部隊是〈實玖瑠艦隊〉，我一定自告奮勇幫她擋砲彈且樂此不疲；偏偏我該守護的是那位，假如我是封建時代的實力派諸侯絕對會帶頭叛變的蠻橫暴君。無奈的是，這款遊戲並沒有「陣前倒戈」的指令可以選擇。沒有就沒辦法啦。只好全力應付眼前的敵人。

十六點十五分。

長門突然飛快敲起鍵盤，而且速度快到肉眼難以捕捉。這不是比喻喔，確實就是如此。乍看好像是嫌滑鼠那種東西太拐彎抹角，其實不然。長門不知何時設計出自己一套用來操作《The Day Of Sagittarius 3》的巨集指令（註：巨集（Macro）是專為玩家設計的功能，類似快捷鍵，可由玩家自行設定），建立起能更自由運用艦隊的直接輸入法。拜其之賜，〈有希艦隊〉那叫人瞠目結舌的奮戰模樣，真可說是驍勇無比，和拜占庭帝國查士丁尼大帝在位時期的名將貝利薩留（註：查士丁尼大帝（Justinianus，483～565，即位期間是527～565）手下第一勇將貝利薩留（Belisarius，500～565）創立了一支鐵甲軍精銳，擅長誘敵深入、以寡擊眾。）有得拚，無奈的是寡不敵眾。

我方真正下去參戰的有〈有希艦隊〉、〈古泉艦隊〉、〈阿虛艦隊〉三支艦隊，敵方除了隱藏起來的〈Dies Irae〉（敵A）以外，應戰的有四支艦隊。由歷史上的戰役，我們學到一個教訓。基本上戰爭的輸贏取決於數目的多寡。三比四，本來就居於劣勢的我們開勝利香檳慶祝的機率低的可以，雖說如此就算將春日和朝比奈學姊丟上前線，也沒什麼勝算可言。要是隨便就讓全軍上戰場，不過是叫對方平白撿了個能更快將我軍一網打盡的便宜罷了。

「敵軍似乎打算採鶴翼陣形誘我們深入。」

古泉幕僚總長小聲對我低語。

「再繼續追擊下去，我們就像是自投羅網。不如先按兵不動，專司防衛才是上策，你認為如何？」

跟我說也沒用。我也覺得不錯，問題是在於春日會怎麼說呢。

而且——

我越過朝比奈學姊的頭，偷看情報參謀長門的側臉。

是什麼原因我並不清楚，但是長門這回奇妙地展現了出人意表的積極性。一開戰就注視著遊戲畫面的眼神，雖然一如以往毫無表情，顯示器上的〈有希艦隊〉卻比其它艦隊還積極進行作戰。到底《The Day Of Sagittarius 3》是哪一點觸動了長門的心弦呢？

解析——長門的話一點都不假。向來沒有情緒變化的外星人造人，竟然對電腦研究社的自創遊戲如此瞭若指掌，搞不好比原本的製作群了解得更為透徹。只要有這傢伙在，現代地球文明圈的電腦就跟工業革命之前工廠所生產的古董定時器沒兩樣，三兩下就能搞定。

不過，長門的目光從無光澤的純黑色，轉為像是鍍上金屬銀光澤那般的改變，讓我有點掛念……

顯露出前所未有的幹勁，長門以像是在玩打字遊戲般令人眼花撩亂的動作，持續敲打鍵盤。視線亦不斷游移，沒有一刻是固定的。捨棄ＧＵＩ（註：Graphics User Interface，是一種以圖形化為基礎的使用者介面，利用統一的圖形與操作方式，如可移動的視窗、選項與滑鼠游標，作為使用者與作業系統之間的溝通管道。）的恩惠，在畫面一角開了個小視窗，專注地用手指會痙攣的速度打入指令。

「……」

〈有希艦隊〉靈敏地變換位置，頻頻放出搜敵艇，傾全力捕捉逼近的敵軍艦隊。目前已經得知位於我帝國軍前方的有〈敵B〉和〈敵C〉二支艦隊。長門力戰兩支艦隊，在前線獨撐大局。那我也不能呆坐不動，得過去幫她才行。

才這麼一想，開始移動的〈阿虛艦隊〉的側邊，突然降下了死光雨。

「什麼？」我叫道。

「喔，喔哦！」古泉嚷道。

定睛一看，〈古泉艦隊〉也是左舷方向受到了砲擊。不知從哪裡出現，也不知在何時接近的〈敵D〉和〈敵E〉一左一右對我和古泉的艦隊進行側面攻擊。沒多久，〈阿虛艦隊〉持有艦數就銳減。

「搞什麼鬼！」

春日用黃色擴音器對我怒吼。

「好好地給我反擊！還以顏色！」

不用妳說，我也會這麼做。這些人果然是電玩高手，居然能衝破長門的搜敵網，但我們當然也不可能繼續挨悶棍。

我對〈阿虛艦隊〉下達轉向指令，全艦隊的艦首都往右舷回轉九十度。然後在射程內補捉到敵艦行蹤，全力射擊——正想這麼做的瞬間，〈敵E〉也快速迴轉，消失在深邃的黑暗空間中。我真的火了，派出搜敵艇想要追擊時，卻連一艘艦影也找不到。

「可惡，被逃掉了。」

看樣子，他們採取的作戰策略是利用「速度」快的艦隊打帶跑。偷襲〈古泉艦隊〉左舷的〈敵D〉也看準了時機，逃得無影無蹤。我明白了，和〈有希艦隊〉打得難分難解的〈B〉和〈C〉是調虎的誘餌，〈D〉跟〈E〉才是主要戰力。這麼一來，旗艦部隊〈敵A〉就不用參戰，可以隱沒在安全的宇宙深處。這就是他們打的如意算盤。

「哇~好可怕喔~」

儘管動作笨拙，朝比奈學姊還是確實地將自己的艦隊逼至畫面角落。雖然離太遠的話，我方艦隊就會來不及補給，成為零武裝狀態。不過再這樣下去，我看還用不著操心能源和飛彈儲量的問題，就要落得慘敗。〈電研聯邦〉從一開始就取得了主導權。

在那之後也是，旁敲側擊部隊〈敵D〉和〈敵E〉，就像是我家附近嚐過一次殘羹剩肴，食髓知味，每逢傍晚就會現身的野狗一樣聞香而來，和〈阿虛艦隊〉以及〈古泉艦隊〉大玩特玩「打帶跑」游擊戰術，一旦我們窮追不捨，就發射歸向飛彈，快速逃走。這種讓人非常焦躁不安的戰法，讓我們陷入了苦戰。避開一口氣決勝負，打算一點一滴削減我們的戰力。也是春日最痛恨的那一型。

另一方面，孤軍奮戰、匍匐前進的〈有希艦隊〉，巧妙閃躲掉極力護主的〈敵B〉和〈敵C〉的波狀攻擊，並給予有效反擊，假如沒有她的艦隊，我們或許早就化為在宇宙間漂流的星際物質碎片了。這場戰役若是輸了，她也該得到一座奮戰獎。

「……………」

長門好像都沒在呼吸，兩眼直盯著螢幕，沒有一時半刻停下手邊的操盤動作過。想必電研社那些人也感到很意外吧。連我也很意外。

會是春日不服輸的個性在不知不覺中也傳染給長門了嗎？

十六點三十分。

事態的發展有如陷入膠著的泥沼。

領悟到打前鋒的〈有希艦隊〉很難對付之後，留下〈敵B〉一支艦隊專門對付長門，除了行蹤未明的旗艦艦隊〈敵A〉之外，其餘的三支艦隊交互對我們展開左右開弓的時間差波狀攻擊。〈敵C〉〈D〉〈E〉的默契好到叫人折服。〈C〉一旦被盯上，〈D〉就馬上從另一側加以攻擊；對〈D〉予以追擊時，〈E〉就從另一側射出死光。他們神出鬼沒的擾亂戰法，害我們就好像是在跟不知手下留情的高手對戰一樣，一點樂趣也沒有。真想叫他們收斂一點，但一想到這關係到幾台電腦的存亡，我又可以體會他們的心情。

可是，情勢真的相當不樂觀。就如我前面所說，我們輸的機率高達九成，但是要輸也要輸得轟轟烈烈一點。起碼也要在毫不留情的砲火中被壯烈擊沉才是。這樣才會有——雖然輸了，但我玩得很盡興，算了，我們彼此都盡力了就好——諸如此類的感覺。

可是你看看，這小家子氣的體力消耗作戰像什麼東西啊！

「我受不了了！」

應該說是不出所料吧，春日終於對麾下的旗艦艦隊下達了單純明快的指令。

「全艦全速前進！阿虛，讓開，別擋住我的去路！我去揪出對方的頭頭，將他痛宰一頓就凱旋歸來！」

對於想要擠開〈阿虛艦隊〉和〈古泉艦隊〉衝出去的〈春日☆閣下☆艦隊〉，我和古泉立刻像小魚群一般聯手將之包圍起來。

「做什麼啦！古泉，連你也想妨礙我轟轟烈烈幹一場嗎？馬上給我退下！否則我即刻解除你的幕僚總長一職！」

「屬下絕對沒有這個意思。」

古泉嘴裡這麼說，手上卻不見將自己的艦隊，從春日的艦隊航路上移開的意思。

「閣下，請您交由我們全權負責。屬下不才，願意賭上性命保護閣下到最後的最後。至於我個人的去留，戰役結束後任憑閣下處置。」

「沒錯！」

我也替古泉幫腔。

「假如妳真的想提高勝算，就不要輕舉妄動。況且我們也還沒找到敵人的旗艦。」

「所以我才要去找啊！大概是在這一帶——」她指著從我們的所在位置看不到的螢幕的一端，「——我猜的。我要從這裡直線衝過去，然後就由我們這兩個頭頭一對一單挑！」

雖然不曉得她是要衝去哪裡，但恐怕在抵達之前，〈春日☆閣下☆艦隊〉就會變成被冬眠前的熊襲擊的蜂窩了吧。

春日手握滑鼠命令艦隊從後面急起直追的模樣，活像是要跟人幹架似的。

「所以我才說按兵不動行不通嘛！什麼鬼！從剛才看到現在，你的〈阿虛艦隊〉老是被敵人逃掉！而且戰力還不斷減少！果然還是得要我出兵才行！」

「所以我才叫妳不要輕舉妄動！」

我操作自家艦隊，堵住旗艦艦隊的出路，古泉也不聲不響地從對側做同樣的動作，或許是猜到了我們目前的窘況，〈電研聯邦〉的三艦隊不斷重複它們的打帶跑戰術，而朝比奈學姊的〈實玖瑠艦隊〉也不知迷失到宇宙的哪一方了。

「這裡是哪裡啊？討厭～人家左右都分不清了。」

坐我右邊的朝比奈學姊，輪流看著我的筆記型電腦和自己的螢幕，用快要哭出來的表情說：

「大家都到哪裡去了嘛……」

哎呀，真是抱歉。看妳喜歡去哪裡就去哪裡，請繼續當個迷路的小孩吧。這也是為了學姊好。

拜〈春日☆閣下☆艦隊〉跟在〈阿虛艦隊〉屁股後面黏得死緊之賜，連我也動彈不得，當下成了春日的擋箭牌。加上一波又一波的敵襲，標示我艦隊的三角形圖示也變得越來越小。

「讓開！」

就算我想讓開，也讓不了啊。薄情寡義的〈古泉艦隊〉早在春日衝撞過去前就先走一步，佯裝不知情地和〈敵D〉砲來彈往。將阻止春日的苦差事全推給了我。

「喵的！」

我想盡辦法讓和〈春日☆閣下☆艦隊〉呈合體狀態的自軍戰力得以自由活動，拚命按滑鼠左鍵將游標拖曳到適當的位置。表示〈阿虛艦隊〉的縮水三角形，活像蝸蝓出來散步似的轉向，無奈蝸蝓的速度就是慢。在移動期間，我被敵方鎖定的部隊也不時受到死光和飛彈的攻擊。

輸定了，真的輸定了。

就算我想舉白旗投降也是逼不得已。請各位諒解。誰叫我家大將如此不受教，就算我們還有一絲絲勝算，我也想陣前倒戈逃之夭夭了。不管什麼都一樣，頭頭若是不夠冷靜，組織就無法順利運作。雖然我也懂得不多，但一般不都是如此嗎？

正當我和春日在現實中與電腦空間內都爭執不下時，ＳＯＳ團內具有宏觀視野，也最冷靜自持，持續進行作戰的只有一個人。

——本來，我是這麼想的。

但後來我發現到完全不是這麼回事，因為坐在長桌最邊邊的那位團員，手指動作突然又加速，而且快到若是不用高感度攝影機拍攝起來，再用慢動作重播的話，就根本看不清楚的程度。

焦躁不安到極點而忍不住爆發，原本該是春日應盡的義務同時也是專利。但就這一回來說，這樣的法則未必能說是正確的。

現在，比所有在場的人都還要慷慨激昂的人物，那就是本ＳＯＳ團最引以為傲、知識最淵博的情報參謀兼書蟲的文藝社員——

「……………」

長門有希是也。

十六時三十五分。

「嗚喔？」

難以置信的光景突然出現在螢幕上，我不禁發出了愚蠢的叫聲。

「那是什麼東西？」

〈SOS帝國〉全軍的搜敵完畢範圍一口氣變成三倍大。反覆出現和消失的敵〈C〉〈D〉〈E〉的所在位置也清晰可見。一支在左翼方向，正朝著古泉部隊微調射線中，一支逃跑後又迴轉，蓄勢待發；一支則是鎖定彼此僵持不下的〈阿虛艦隊〉和〈春日☆閣下☆艦隊〉進軍中。

至於敵軍的動向為何會如此清楚，那是因為……

〈有希艦隊〉分裂成二十支艦隊。

「這真是太驚人了！」

古泉讚賞的聲音，在我聽來實在很空洞。

「不愧是長門同學，竟然會注意到這件事。一度我也有想到，但是因為太複雜了，還沒做我就放棄了。」

「慢著，古泉。」我說，「這種事說明書裡有寫嗎？」

「有啊！在最後面的地方。要我告訴你做法嗎？首先，將Crtl鍵和F4鍵同時按住，然後用九宮格決定要分散的艦隊數目——」

「不，不用說了。我沒有要做。」

我再一次仔細審視螢幕。

直到剛才都還是〈有希艦隊〉的三角形，彷彿被不可思議的光線照到似的縮小了。取而代之的是同等大小的二十個三角形。我用滑鼠游標擊點其中一個時，上頭出現了〈有希分艦隊12〉的字眼。

分艦隊？

從01標到20的那些小三角形，有的跟之前一樣，持續不斷與〈敵B〉進行砲戰，有的專門鑽敵艦之間的空隙，飛到未知的宇宙，其餘的或是左右散開，或是為正在和大迴轉苦戰的〈阿虛艦隊〉助陣。

古泉，講解一下吧。

「嗯——基本上，這是可將單一艦隊分成兩支以上，個別予以操作的功能。分支的最高上限，我記得是到二十七。使用說明書就是那麼寫的。」

「有什麼好處嗎？」

「誠如你所見，搜敵範圍將會明顯擴大。就像多了二十隻眼睛那樣。除了這個優點之外，假設艦隊一分為二的話，就可以一個當餌，另一個繞到敵人背後攻擊。可是似乎弊多於利，所以電腦研究社那一邊才沒有採用吧。」

古泉將臉湊近我，以春日聽不到的音量說：

「這是因為多艘艦隊的操作只能一個人進行。當指揮分隊之一作戰時，根本無暇顧及其他，剩下的分隊只有淪為木偶的份。更何況是要同時操作二十個以上的分艦隊，對人類而言根本是不可能的任務。」

我腦中幻想著隔壁教室那些魂飛魄散的臉孔，視線朝旁邊水平滑了過去。

「喂，長——」

默默敲著鍵盤的長門雙手奏出的斷音，我再怎麼聚神凝聽，都不是喀擦喀擦，而是嘎嘎嘎……（註：日文裡比喻機關槍或是鑿岩機發出的聲響）的聲響。

「請……請問一下，敲那麼用力不會壞掉嗎……？」

朝比奈學姊膽顫心驚地問了一句，但長門連看都沒看她一眼。要說她眼神的焦距是落在哪裡，長門電腦上出現的並不是遊戲的畫面，而是黑色背景加一堆白色英數文字以及記號，很像是恐龍時代的電腦ＢＩＯＳ設定畫面。而且以相當驚人的速度在捲動。

「什麼事？」

長門瞄也不瞄的問我。

「……呃，我……」

長、長門同學？請問妳現在是在做什麼呢？

長門敲打鍵盤的氣勢讓我感受到一股無形的壓力，心底的喃喃自語也不自覺變得客氣了起

來。

我回頭確認自己的螢幕，分散成二十支的〈有希艦隊〉，簡直就像是被注入生命力的茶葉梗靈活地將敵人玩弄於股掌之間。遊戲畫面的有無似乎不構成任何問題……呃，等等、等等，我不是說過不准作弊嗎？

「我沒有。」

長門嘀咕了一聲，這是她第一次轉過來看我，但她的手還是一樣忙碌。

「我並沒有進行特別的資訊操作。我有遵守你定下的遊戲規則。」

像是怕被長門的視線掃射到似的，朝比奈學姊嬌小的身軀直往後仰。長門與我四目相對，

「我沒有採取任何不包含在這款模擬遊戲程式之內的行動。」

「是、是嗎？那是我失言了。」

我感覺到有股恐怖的氣息正緩緩從那頭短髮上昇。

可是，長門的表情和眼神都與往常沒兩樣，還是一樣不帶感情，照理說她也應該以一貫平穩的語調說聲：「是嗎。」就再度陷入沉默才對，但是這次，她卻破天荒說了下面的話。

而且還是爆料的話。

「做了足以稱之為作弊行為的人不是我，而是電腦研究社那班人。」

無巧不巧，春日的艦隊這時突破了〈阿虛艦隊〉的防護，

「真慢！為什麼這麼慢？在電腦上倒提神飲料會不會快一點？」

嘴裡吐出的淨是抱怨，卻還是掩不住她得以移往前線的欣喜之情。

我身子前傾，越過朝比奈學姊，小聲地跟長門探詢：

「妳說那些人作弊是怎麼一回事？」

超高速的盲打一刻都沒停，長門面無表情地回答。

「他們使用不存在於我們電腦裡的指令，在這場模擬宇宙戰鬥取得優勢。」

「什麼指令？」

長門沉默了一瞬間，像是要重整思緒似的眨了眨眼，

「關閉搜敵模式。」

吐出這句話後，又以平靜的語調繼續說明。

照長門的說明，電腦研究社所使用的遊戲模式，好像一開始就設定成「關閉搜敵模式」的狀態。我們這一頭自是沒有切換的開關鈕。我實在不了ON和OFF究竟有啥不同。這到底有何意義？

「搜敵模式ON的話，就有義務執行搜敵行動。OFF的話就可以不執行。他們讓搜敵模式

虛名化，也就是成了可有可無的東西。」

呃——可不可以再說清楚一點呢？

「搜敵模式一關閉，全部的地圖都會強制顯示。」

也就是說……

「星戰全域的地圖，包含我們的艦隊位置，他們從一開始就瞭若指掌。」

對長門而言，這已是相當簡單明瞭的說明了。

「不只如此。」

不苟言笑的外星人製人工生命體淡淡的說下去。

原來，〈電研聯邦〉的艦隊連傳送的機能都有。難怪他們可以適時的讓自己消失。〈SOS帝國〉在技術層面上起碼差了他們五百年。就像是戰國時代的步兵受到自衛隊的機甲部隊襲擊一樣，怎麼可能有勝算呢？

「沒錯。」

長門也給予了保證。

「我們除了敗北之外，原本沒有別的路可選。」

原本沒有——是嗎？長門說的是過去式。所以咧？現在是怎樣？當我希望她改成現在式時，就看到長門的漆黑眼眸露出了前所未有的情感動搖，我把頭縮了縮如此說道：

「不過，長門，我還是希望能在沒有外星力量介入的情況下比賽。我明白那些人使詐，可是，正因為如此，我們更不能使用取巧的魔法來與之對抗，否則我們就跟他們一樣卑鄙了。不，甚至比他們更惡質。因為妳的魔法根本就不在地球的規範內。」

「我不會違反你的指示。」

長門不經思索的回答。

「我是想在地球現代科技的規範下，修正程式。我承諾你，不去使用已知空間的資訊結合狀態。我會配合人類層級的能力，設置對抗電腦研究社的措施。請准許我這麼做。」

妳是在跟我說話嗎？

「對我的資訊操作能力上了枷鎖的人是你。」

…………

我認識這傢伙已經有半年以上。其間我也多少察覺到長門無表情的面容下隱藏了微妙的感情變化——假如她真有感情的話——不過我有一定程度的自信。此時，我在長門白皙的臉龐上看到了，以微微單位（註：pico，10-12（十兆分之一）的單位，符號是P）浮現的堅定神色。

朝比奈學姊驚慌失措地看著我。古泉也看著我，但是表情帶著笑意。只有春日口中不知在嚷嚷什麼，胡亂掃射死光和飛彈，在那樣的大放送之下，沒多久就會彈盡援絕，困在敵陣中動彈不得。讓我下決斷的時間真的不多。

這應該怎麼回答好呢……我煩惱了幾秒鐘。難得長門如此起勁，我還是第一次見到這樣的長門。就像我所想的，這絕對不是什麼好的徵兆。雖說她是由資訊統合思念體所製造出來，酷似人類的有機人工智慧機器人，但難保她不會有完美過頭的機器人容易萌芽的，想成為人類的慾望。

而我一點也不認為，那樣不是一件好事。

「好，長門。妳就放手去做吧。」

我露出鼓勵的笑容，拍胸脯掛保證。

「只要是在這世界的人類辦得到的範圍之內，隨妳愛怎麼做就怎麼做。嚇唬一下電研社那些人也好。若是能讓他們永遠不敢再找我們索賠，達成符合春日期望的結果的話，更好。」

長門持續好長一段時間——起碼在我的主觀意識裡像是經過了很長一段時間——目不轉睛地看著我。

「是嗎。」

非常簡短的回應之後，長門按下了執行鍵。只是這樣，就讓整個情勢大翻盤。

十六點四十七分。

狡詐的陷阱已經設置完畢。

雖然急轉直下的情勢讓我驚訝得啞口無言，但我的驚愕指數不過跟修行不足的門前小和尚差不多。和我們對戰的電腦研究社那群人，現在一定混亂得有如進入世界恐慌第二天的華爾街。

這一切要歸功於長門從剛才就施行的分身術。我深深慶幸自己和長門是同一隊的戰友。我甚至想自掏腰包買一兩樣供品答謝長門大明神了。下次買本有趣的書送她吧。對了，她的生日是什麼時候啊？

算了，那個以後再想。我繼續說明現況。

彷彿具體呈現出玩家的茫然，畫面上的敵軍艦隊一支支靜止了。

好像是長門從自己的NB入侵電研社的五台電腦，直接修改《The Day Of Sagittarius 3》的程式執行。不要問我她怎麼辦到的。我怎麼可能懂呢。雖然我不懂，但我很清楚她的目的只有一個，就是要強迫開啟對手那一邊的搜敵模式。如此一來，〈電研聯邦〉的可視範圍就會被大幅削減。想必他們遊戲畫面上的黑暗部分會增加吧。那一夥人根本不需要派搜敵艇出來進行偵察，而且實際上也從未派出過搜敵艇，這些都是來自我方情報參謀的報告。

將對方的「搜敵模式」固定在ON狀態之後，長門更進一步改寫了他們的遊戲原始碼，而且將其鎖住，除了她以外，誰也不能修復。不過，她並沒有消除傳送機能，只有做一點小變更，就放它去執行。這是長門想出來的一點小計謀。

以上這些事，全是當她靈活操作遊戲中的二十個分艦隊時，並未使用外星人的神秘力量所完成的。即使侷限在普通人的框框裡，這傢伙仍然非比尋常。

「很好，反擊的機會終於來臨。」

古泉帶著愉快的微笑，敘述起畫面上的狀況。

「請看這裡。〈敵C〉和〈敵D〉正被無數的〈有希分艦隊〉阻撓著，追丟了我們的位置。而〈敵E〉正和我的艦隊交戰中，至於〈敵B〉呢，很快就會進入〈春日☆閣下☆艦隊〉的射程。」

「發現敵人了！」

春日欣喜若狂的聲音，為古泉的旁白做了印證。

「射擊射擊射擊射擊——！」

額頭幾乎快撞上螢幕的春日，持續不斷地吼著。

從封鎖狀態完全解放的〈春日☆閣下☆艦隊〉這一下火力全開，死光飛彈亂射一通，全速衝向敵軍艦隊。飽受驚嚇的〈敵B〉急速掉頭，正想落跑時，我的〈阿虛艦隊〉早已在它的前頭守候。

「看你往哪逃。」

食指輕輕一動，我朝〈敵B〉的前端射出所有死光。

「臭阿虛！那是我的獵物耶！讓開！」

腹背受敵的〈敵B〉轉眼已不成艦形。歪七扭八的〈敵B〉艦隊在發出小小的一聲蜂鳴後，就爆散開來，下台一鞠躬。

積極尋找下一個獵物的春日，率領化為移動式高空煙火裝置的艦隊，轉向了〈敵E〉的側腹。和古泉推來擠去的〈敵E〉，被迫與兩艦正面交鋒，艦數銳減。

陷入苦戰的〈敵E〉，或許是覺悟到萬事休矣，終於強制執行了在〈SOS帝國〉軍跟前從沒使用過的隱藏指令。

「啊！消失了！咦？怎麼會？」

春日大叫，我知道這一刻終於來了。十字砲火夾擊的空間中，〈敵E〉的艦影正逐漸消失。

那就是傳送。應該要取個講究一點的名稱才對，現在這個年代哪有什麼傳送嘛。

但是，這才是長門設下的反間計之真髓。

「咦？這回又有不同的東西冒出來了。」

聽到春日納悶的疑問時，我的手早就休兵了。

「嗄？」

朝比奈學姊也發出可愛的驚叫，頻頻眨眼，盯著螢幕瞧。

「阿虛，我操縱的那個東西啊，不曉得跑到哪去了……」

發動傳送的不只有〈敵E〉。除了〈春日☆閣下☆艦隊〉留在原位之外，敵我雙方全部艦隊都進行了空間轉移。

這是因為長門將程式改寫為：「只要電腦研究社的某支艦隊啟動傳送機能，就不分敵我，將〈春日☆閣下☆艦隊〉之外的艦隊在同一時刻強制性的進行傳送。各艦隊經傳送後，會按照指定的碼出現在一定的座標上。」

這就叫以眼還眼，以詐還詐。只是，我們是有點詐又不太會太詐。

隔壁教室此時此刻的驚愕程度，想必與搜敵模式被強制啟動那時相較起來是有過之而無不及吧。我在畫面上發現頭一次出現的電研社旗艦部隊〈敵A〉（Dies之什麼的那個），確認過它的出現位置後，聳了聳肩。

「這就叫因果報應吧。」

電研社社長的〈敵A〉就出現在〈春日☆閣下☆艦隊〉的正前方。

它的正後方則是同樣做了空間跳躍但毫髮無傷的〈實玖瑠艦隊〉，位於幾乎就要貼上的近距離，而右舷則被經過短暫傳送的〈古泉艦隊〉瞄準，負責攻擊反方向的左舷的則是再度合體的〈有希艦隊〉，掛在側邊、可有可無的是縮水的〈阿虛艦隊〉。至於電腦研究社的其他艦隊跑哪去了，四支艦隊都瞬間移動到了遼闊星圖的遙遠邊角。就算他們立即趕回，也是遠水救不了近火。

就這樣，〈敵A〉艦隊形單影隻地在〈SOS帝國〉軍全艦隊的包圍網中進退維谷。

「現在是什麼狀況我不太明白，但是——」

春日露出了躍躍欲試的煥發表情，高高地舉起一隻手：

「全艦全力射擊！用地獄的業火將敵人的大將燃燒殆盡！」

一聲令下，春日、古泉、我、長門的艦隊一齊發射所有武器。連哇哇叫的朝比奈學姊，也在長門冰冷的一聲：「射擊。」下，戰戰兢兢的對四面楚歌的〈敵A〉獻上本日頭一次攻擊。

「對不起……」朝比奈學姊說。

更加不明白狀況的是電腦研究社的社長。盤算好要在天高皇帝遠的地方隔山觀虎鬥，突然就被解除形同詐欺的搜敵模式，又莫名其妙被傳送到敵陣正中央送死。

「唉……」

唉唉。我又將到口的那句話吞了下去。古泉對我會心一笑。不管他，當作沒看到。

我再度將注意力轉回畫面，社長的〈敵A〉艦隊前後左右都沐浴在光林彈雨當中，就像是翻船的草龜一樣四處亂滾。嗯——這回算是他們自作自受。是他們先偷跑的。不過，擁有於存在階段就偷跑太多的長門有希的我們，也無法太自鳴得意。

長門速射砲似的鍵盤輸入，自始至終都沒有停歇。〈敵A〉艦隊就和火神砲的餘彈計數器一樣，艦數持續減少，最後碩果僅存的一艘受到〈有希艦隊〉照準精密到小數點單位的死光狙擊，那也成了敵軍旗艦臨終前看到的最後一景。

輕快的軍樂聲響起，五台電腦螢幕上閃耀的文字正式為遊戲畫下句點。

『Ｙｏｕ　Ｗｉｎ！』

十七點十一分。

分出勝負後約十分鐘，我們的社團教室有人敲門來訪。

跌跌撞撞走進來的，是電腦研究社那些人。社長以自暴自棄的口吻說：

「我們輸了，而且輸得一塌糊塗。我們乾脆認輸。對不起。抱歉。希望你們原諒我們。就是這樣。我們太小看你們了。我們錯了，而且錯得離譜。」

低頭認錯的社長面前，是像座日晷一樣，表情神氣巴拉的春日。在春日閣下睥睨的目光注視下，電腦研究社的社員們紛紛臉色大變，低頭不語。

「那些小把戲都被你們看透了……我們使用了苟且的手段，是不容狡辯的事實，可是萬萬沒想到……竟然會在比賽進行得如火如荼時，遊戲程式被改寫……固然難以置信，卻是千真萬確……」

社長用飄忽得像是到了另一個虛構世界的眼神環顧室內時，春日挑高了一邊眉毛，

「你在碎碎唸什麼啊？我懶得聽喪家犬為落敗找藉口。對了，你還記得約定吧？」

她得意地擺擺手指頭，做出：你休想耍賴的手勢。完全沉浸在勝利的喜悅裡，毫不覺得這場比賽贏得不太自然。因為對這女人而言，贏了就是贏了。

「這下你們沒話說了吧？這台桌上型是我的所有物，那四台筆記型也成了我們的囊中物。你可別跟我說你忘了喔，你要敢那麼說，我絕對讓你死得很難看！對了，就先處以一邊叫喊『有小綠人在追我！』，一邊裸體跑校園十圈之刑好了！」

蠻橫無理的發言讓電腦研究社的社員們頭垂得更低了。不知道是同情他們，還是覺得氣氛太凝重——

「啊……對了。我泡茶給大家喝好嗎？」

善解人意的朝比奈學姊站起來走向熱水瓶，露出苦笑的古泉從雜物箱裡拿出紙杯袋。長門照樣坐在鋼管椅上，以不苟言笑的眼神看著排排站在春日面前垂頭喪氣的男同學們。

春日演講得興高采烈時，從那排社員中走出了一個人，也就是社長，步履蹣跚地朝我走來。

「喂，我問你。」他細聲細語地說：「那個人是誰？憑那樣高超的駭客本領，到世界各地都

能通行無阻了……其實，我大概也猜到是誰了……」

長門緩緩地抬頭看我，社長則是看著長門。

算了。就算是局外人，也能一眼看出本團頭腦最好的非長門莫屬。

「我有事想找妳談，」

社長對著長門——

「只要妳有空時即可。能不能請妳偶爾來電腦研究社插花一下……不，是蒞臨指導一下呢？」

開始努力勸說。方才還像是放在豔陽下曬了三天的冷凍秋刀魚般的眼睛，已經恢復了生氣。一個人打從心底服輸後，大概就只能像這樣拉下臉皮來個一百八十度的大轉變。

長門的動作活像是內建了馬達似的，將臉轉向社長，又倒轉回來看我。什麼話都沒說，只是用漆黑如烏鴉般的瞳眸投射疑問的眼神，凝視著我。

「…………」

這是在幹嘛？傳送念波嗎？還是要拜託我幫她判斷孰可為、孰不可為的意思？用那種表情看著我（雖然是無表情），我也很困擾的。對方問的是妳，妳自己下判斷就好啦。本來就應該如此。

我也學起長門回應無言的光線時——

「喂喂！你們幾個在幹嘛啊？」

春日進來打岔。

「我家有希是你想借就借的呀？要借之前得先問我！」

春日果然有一對地獄耳（註：同中文的順風耳），剛才的話她似乎全聽到了。瞧她雙手扠腰，不可一世的模樣，我都想誇她兩句了。

「給我聽好了！這丫頭對ＳＯＳ團而言是不可或缺的無言女。她是我先看上的，慢來的統統沒機會。她哪兒都不去！」

妳當初看上的是這間社團教室，可不是長門。

「有什麼關係！我當初是連同有希和這間教室一併要過來的。只要是在這間教室的所有物品，就算是一瓶沒氣的可樂，我誰也不給！」

這些全是我的！——春日以天不怕地不怕的氣勢，挺起水手服的胸膛，宣示主權。

「慢、慢著。」

我說話了，也考慮過了。

別看我這樣，我有自信比誰都了解長門的表情。好歹我也是在三年前就見過長門的人。雖說長門在顏面表情的克制上堪稱十全十美，但我仍覺得她不是完全沒有感情的人。落入無限輪迴的暑假事件時也是這樣，這次的遊戲對決，我也感受得出來。對，忘了是在何時，市立圖書館那次也是。

即便是長門，多多少少也會有自己感興趣的東西。

說起來，這次和電腦研究社的《The Day Of Sagittarius 3》對戰，比誰都還認真的是長門，而不是春日。瞧她擊鍵的模樣，就知道她傾注了比閱讀還要多的熱情。至於那是不是因為我要求她不准作弊使詐而造成的反動效果就不得而知了。但是，我總覺得她敲鍵盤敲得樂在其中。如果除了閱讀艱深書籍以外，這傢伙又有新的嗜好在萌芽，我們應該予以肯定。與其老待在這個SOS團基地當附屬品，不如和其他人接觸，多少融入學校的生活，對這傢伙來說也是一樁美事。

成天監視涼宮春日，長門久了也會彈性疲乏的。外星人製造的有機人工智慧聯繫裝置，偶爾也有出去散散心的必要。

「妳愛怎麼做就怎麼做。」

今天，我決定站在電腦研究社社長這一邊。

「妳喜歡玩電腦吧?那麼，妳想玩的時候，就到隔壁盡情地玩電腦。就算只是幫他們抓出自行製作的遊戲中的bug，他們對妳都會感激涕零的。而且去到那邊，妳也比較有機會接觸到高性能的遊戲工具。」

長門仍然不發一語，但是我看到了她臉上些微的動搖。那似乎是在質問我：這樣好嗎?又像是在徵詢我該怎麼做才好。她猶如黑糖般的眼眸，剎那間掠過了舉棋不定的陰翳。

感覺上她好像考慮了很久，事實上也才經過眨眼三次左右的時間。

「……這樣啊。」

在我問她的決定是哪樣之前，長門機械化地點了點頭，仰望社長，以倍頻不變的聲音如此說道：

「偶爾的話可以。」

當然，春日是一定會叨唸的。

「明明是我們贏了，為什麼我們得將重要的團員借給他們不可？長門的租金可是很貴的喔！對，一分鐘至少要一千日圓！」

一分鐘才一千圓的話，我願意幫忙出。

「涼宮閣下。」

喝過熱茶的古泉綻放得意的笑容走近春日：

「閣下，有時對敗軍施予恩惠是必須的。不光是展現強悍的一面，寬宏大量的修養也是站在頂點的大人物必備的條件之一。」

「咦？真的嗎？」

春日的嘴巴嘟成鴨嘴狀——

「好吧。有希覺得可以就可以……可是！筆記型電腦我是不會還給你們的。啊，還有——」

說到一半時，她似乎又想到了什麼妙點子。春日瞪著社長，露出滿意的笑容。臉上的表情還真多啊。

「你們這群殘兵敗將聽好了，贏家說什麼，你們都得洗耳恭聽。這就是戰爭的殘酷。」

她將靜悄悄端盤走來的朝比奈學姊泡的茶（叫「雁音」是吧？）一把搶過，咕嘟咕嘟牛飲下去，同時說道：

「從今以後，你們要發誓對我絕對忠誠。嗯，我不會虧待你們的。因為我秉持的是實力主義，只要你們夠努力，我也可以讓你們升上正式團員。譬如說……對了，和學生會對抗時，你們要當我的手下，供我差遣。在那之前，你們都只是預備團員。」

照這樣下去，她豈不是要將全校學生都SOS團化了？但是意氣風發的春日全然不知我的憂心忡忡：

「古泉，快點備妥簽署書。」

「遵命，閣下。」

古泉露出有如年幼皇帝完全在自己掌控中的外戚宰相的笑容，坐在剛成為自己所有物的筆記型電腦前，鍵入文字。

隔天之後，社團教室的景象並沒有特別的變化。只有無用武之地的筆記型電腦增加了好幾台。女侍裝扮的朝比奈學姊拿著撣子東抹西拂完畢後，就將水壺放在小瓦斯爐上燒開水。古泉自己一人玩西洋雙陸棋，長門在長桌一隅默默看書，在春日發話前，大夥享受了短暫的平靜時光。

如此稀鬆平常的SOS團放學時刻，極為稀有地，也會有愛好閱讀的外星人身影消失的時刻。才發現她不在，幾分鐘過後，她又悄然現身在室內看書。就我個人的認知而言，長門才是這間教室真正的主人。

「…………」

看著國外推理小說原文書的長門，外觀上乍看沒有什麼改變。至於裡面有沒有改變……這就難說了，我也不可能會曉得。

長門還是一如往常，大部分時間都待在這間教室裡。偶爾會像捉摸不定的微風飄到隔壁露露臉。那樣就夠了。

「阿虛，請用茶。這回我向中國茶挑戰。呵呵……如何？」

從巧笑倩兮的朝比奈學姊手中接過我的茶杯，仔細品嚐之後，發現帶給我的舌頭的悸動，與過去的茶葉並未有何不同。只要是妳端給我的，就算是雜草汁也會是瓊漿玉露。

我一邊思索要用什麼字眼回答靜待我發表感想的朝比奈學姊，一邊想著這陣子大概不會再捲入奇怪的事件了吧。

得知我的料想大錯特錯，是在那之後一個月，寒假和聖誕節即將逼近的十二月中旬。

直到失去涼宮春日時，我才明白我錯得有多離譜。

序章・冬天

我本身對於涼宮春日的感想，不用說當然是五味雜陳。但若要我個人明白的以言語形容這女人，大概不出下面這則警告標語：

全日本最不可以握有核子彈發射鈕的女人，就在這裡。

一般而言，普通高中女生要擁有那種東西根本是萬萬不可能，但是只要牽扯到這女人，即使萬載難逢的機率變億載難逢，或是負負得正到沒完沒了，對她都沒影響。就她來說那始終只是有或沒有的二選一問題。那女人雖然比沒裝倒數計時器就啟動的限時炸彈還惡質，比遲早會熔毀的原子爐還白目，不過經驗法則告訴我，即使無法制止那個惹禍精作怪，但只要將她設定為來電震動，那麼就算她捅了再大的漏子，基本上那個洞還是補得起來。

所以我必須設法排解她的煩悶，讓她根本無暇思及核子彈。即使是一下子也好，只要找別的事情讓她去熱衷，就跟丟寶特瓶蓋給我家的花貓三味線，牠差不多會咬上三分鐘一樣，同樣的，她對那件事也會有三分鐘熱度——

——以上，全是古泉以前主張的要旨，直到現在，那小子還是沒有改變他的看法。

也因此，我們又遭遇了蠢到極點的事。

遭遇？哎呀，真的是。不是相遇不是奇遇也不是際遇。沒有比這個更貼切我們目前狀況的詞了。

因為我們現在，是真真正正、完完全全地遇難了。

「傷腦筋。」

走在我前頭的春日，吐出了真心話。

「完全看不到前面嘛！」

想知道這裡是哪裡嗎？我們暑假去了孤島，那麼，寒假會是去哪裡呢？大家就當自己是春日，猜猜看吧。

「的確很古怪。」

古泉的聲音從最後面飄來。

「走了這麼一大段距離，應該早就到山腳下了。」

給大家一個提示，我們是在寒冷又白茫茫的地方。

「好、冷、喔………嗚嗚～」

刺骨的寒風，將朝比奈學姊的聲音切成了斷斷續續。我回頭確認那件像隻小水鴨一樣搖搖擺擺走路的滑雪衣，不斷點頭為她打氣，又回首看向前方。

「………」

也許是我的心理作用吧，總覺得在前方帶路的長門步伐有點沉重。踩到的白色結晶沾黏在雪靴上，似乎每走一步，體積就變得越大。讓人有這種感覺的地方會是哪裡？

不想賣關子了，直接告訴你們答案吧。

放眼望去淨是一片銀白色世界，不管走到哪裡，看到的除了雪還是雪。

當然，這裡除了是雪山，還會是哪裡？

而且還是被暴風雪侵襲的雪山。

正確說來——在返回暴風雪侵襲的山莊半途，於雪山中百分百遇難——這樣的描述才是百分百符合我們目前的狀況。

言歸正傳，這會是誰預定的腳本呢？唯有此時，我寧願相信這個腳本是有結局的。否則，我們五人都得面臨凍死的危機，直到春臨雪融，才以五具冰屍的狀態重見天日。

古泉，快想想辦法呀！

「我也無計可施。」

視線落在指南針上的古泉說：

「方位應該沒有錯。長門同學的導航也是無懈可擊。但是我們已經走了好幾個小時，卻還到不了山腳。一般而言，這個情況實在是不尋常。」

那現在情況是怎樣？我們永遠都走不出這座大滑雪場了嗎？

「目前只能確定這是異常狀況。而且是無法預測的異常。長門同學也不明白箇中原因，只知道我們遇到了某種不測。」

那個不用你說我也知道。帶頭的長門遲遲找不到回家的路，光是這點就非常詭異。

一定是她，一定是春日那女人又想到什麼異想天開的點子了。

「不能以偏概全。我的直覺告訴我，涼宮同學絕對不會拿石頭砸自己的腳。」

你憑什麼那麼肯定？

「因為涼宮同學非常期待投宿的山莊裡即將發生的神奇密室殺人劇。我也是為了這一點，才絞盡腦汁、費心安排。」

繼夏天之後，冬天的合宿地也計畫進行謀殺遊戲。上次是以失敗收場的驚悚劇，這次則是在大家心知肚明下舉行的自導自演推理大會。還是原班人馬演出，在孤島恭候我們蒞臨的新川管家和森園生女侍，多丸兄弟也再度以一模一樣的角色名稱和人際關係參與演出。

「那倒是……」

春日她可是迫不及待的要拆穿兇手身分和兇手策劃的詭計，確實不可能在無意識中做出拒絕返回山莊的行動，畢竟今晚山莊裡還有命案待解決。

何況，山莊裡還有常來客串的臨時演員鶴屋學姊和我妹，以及三味線在等我們回去。

實不相瞞，我們借住的山莊，正是鶴屋學姊家的別墅。那位元氣十足又人來瘋的學姊，一口就答應提供合宿場所，條件是她也要去。帶三味線來是因為牠是古泉設想的做案道具之一，老妹則是自己跑來當我的行李。但是那兩人一隻並未加入我們的落難陣容。三味線好像是在山莊的壁爐前蜷縮成一團，鶴屋學姊則是陪著不會滑雪的我妹堆雪人玩。那是我所記得的最後光景。

這三者對春日而言，幾乎可算是SOS團預備團員，特別是春日並沒有排斥和這三者再相逢的理由。

那到底是為什麼？為什麼我們遲遲無法回到開著暖氣的SOS團冬季合宿地？

即使有長門大明神的神力加持，也找不到回去的路，究竟是出了什麼差錯？

「夏冬兩季合宿都接連碰到狂風暴雪……」

難道上天真的形成了什麼法則，只要學校一放長假，我們就會遇到超乎人類知識範疇的怪現象嗎？

我像是喝了摻雜疑問與不安的混合酒，在迷幻的氣息中，喚醒了過去的記憶。

「事情為什麼會變成這樣？」

回想模式，啟動。

………

……

……

冬天的合宿幾乎等於是預知的未來。假如我們真能預見那樣的未來，就算現實中真有其事發生，我們也不會大驚小怪。

畢竟暑假頭一天就出發的殺人孤島之旅（附颱風）一結束，回程就有人在遊艇上高聲宣言了。至於宣言的人是誰，你們說除了春日還會有誰？而將她的決意與表態照單全收的，就是春日除外的我們，而擔任隨團領隊的則是古泉。

本來我還有點盼望，春日到了冬天會突然對別的事物感興趣，無奈我們的團長就只有這種時候記性特別好——

「跨年倒數：in冰風雪。」（註：加拿大或美國地區伴隨暴風雪的冰冷強風，或是極地一帶的強大暴風雪。）

春日將一疊疊用釘書機釘起來的紙張發給我們。分發完畢之後，她帶著綁架犯騙小孩的笑容說：

「按照原訂計畫，這個冬天要去飄雪的山莊，進行懸疑之旅第二彈！」

地點是在社團教室，時間是結業典禮剛結束的二十四日。置於長桌的小瓦斯爐上的陶鍋正咕嘟咕嘟地響，我們圍著裡面煮著雜七雜八食材的鍋子，吃火鍋代替午餐。

春日順序不分地胡亂丟入肉魚蔬菜，戴著頭巾的女侍版朝比奈學姐隨侍一側，用長筷分開菜肉、三不五時的舀起灰汁，我和長門以及古泉則是專心一意地進食。除了ＳＯＳ團五人組之外，今天還多了一位特別來賓。

「哇！真的好好吃喔。這是什麼？（咀嚼咀嚼）……春日，妳該不會是個料理天才吧？（咀嚼咀嚼）……喲喝！這高湯好哇！讚讚讚！（狼吞虎嚥）」

這位貴賓正是鶴屋學姊。這個活潑聲音的主人，活像是在和默默進食的長門較勁似的，不時大呼小叫，並高速移動筷子，將鍋中的好料往自己的碟子送。

「果然冬天就是要吃火鍋！剛才阿虛扮馴鹿耍寶也是超爆笑的，哈，今天真是太開心了！」

對我的表演如此捧場的，就只有妳一人啊，鶴屋學姊。春日和古泉始終都是皮笑肉不笑，朝比奈學姊中途突然掩著臉，肩膀開始抖動；長門則從頭到尾擺出一副以邏輯思考哪裡有趣的神情，我切身體驗到極度的無地自容之感，整個人簡直是汗如瀑下。我頓時領悟到，自己根本就沒有讓人家捧腹大笑的才華。本來打算朝演藝之路勇往邁進的往日雄心，瞬間化為烏有……算了，這樣也好。

鶴屋學姊並不單純只是來當食客或是當朝比奈學姊的跟班，自然是有特殊原因，才會被奉為特別來賓。至於是什麼樣的特殊原因嘛……

「關於那座暴風雪的山莊，」

春日將山莊的形容詞一口氣從飄雪級昇到了暴風雪級，

「阿虛，高興吧！真沒想到鶴屋學姊家的別墅，願意免費出借給我們！而且是很棒的別墅喔！我現在就開始期待了！來來來，學姊，多吃一點！」

春日將豬肉塊丟進鶴屋學姊的碟子，順便也將剛燙熟的鮟鱇魚切片掃進自己碟裡。

「平常都是我們全家一起去那裡渡假……」

鶴屋學姊將塞進嘴裡的豬肉一口吞下。

「可是，今年我老爸要去歐洲出差，不在家。反正工作只要三天就搞定了，所以我們就決定全家一起去瑞士滑雪。因此今年別墅就和你們一起去！一定會很好玩！」

好像是朝比奈學姊隨意提起我們要去合宿的事，鶴屋學姊就表示願意提供自家別墅當合宿地點。古泉也順水推舟點頭贊同，將冬日合宿旅行書遞給春日過目時，春日就像是見到整盤生魚片的貓一樣鳳心大悅。

「鶴屋學姊，這個送妳！」

春日從團長桌拿出素色臂章，隨手寫上「名譽顧問」四個字交給學姊——整件事的來龍去脈就是這樣。

古泉滿臉堆笑，看著春日、長門和鶴屋學姊三人宛如在進行大胃王爭霸戰似的進食模樣。

可能是因為察覺到我的表情吧，他開口說道：

「請放心。這次玩的不是人嚇人的把戲。而是事前就已經打過招呼的推理遊戲。事實上，還是同一批人員上陣演出。」

言下之意，這回新川管家和森女侍，多丸兄弟合計四人也會配合演出。那倒是無所謂，不過那四人平常到底是做什麼的？是「機關」的行政事務人員之類的嗎？

「他們都是我認識的小劇團演員……這種說法，你可以接受嗎？」

只要春日接受就好，我沒意見。

「涼宮同學注重的是有趣與否，其他什麼都不在乎。雖然那正是最大的問題所在……不知她對劇情會不會滿意，一想到這我的胃就開始痛。」

古泉壓著胃，做出胃痛的動作，可是臉上仍然掛著微笑，實在是個蹩腳的演員。

我比春日還像個人類，著實沒辦法像她那樣樂觀到有趣擺中間，其他擺兩邊的程度。我環顧四周，尋求能讓我安定心神的材料，第一個讓我停駐視線的是長門無表情的臉。一如往常的無表情長門。是我所熟知的，那個很平常的長門有希，彷彿什麼事都沒發生似的大啖火鍋料理。

「……」

無論如何，我心想。

這次說什麼都不能造成給長門帶來莫大負擔的嚴重事態。不，是不會造成才對。照順序來看，這回應該會是相安無事的一回。在夏季合宿活動中，長門並沒有異常活躍。但願這次的冬日合宿也能如此。要辛苦就辛苦古泉和他的朋友們就好。

我一邊如是想，一邊看著手邊的紙冊。

根據紙冊上寫的行程表，出發日期是十二月三十日。也就是除夕的前一天。至於雪山也不是多遠的山，而是坐列車晃個幾小時，當天就能到達的地方。

到了合宿地，當天的行程就是滑雪、滑雪、滑雪。晚上再一起舉行宴會（不准喝酒），菜色方面依然是由夏日孤島的新川管家（雖然是假管家，卻扮得有模有樣，比真管家還像管家，所以沒什麼好挑的了）與森園生小姐（雖然是假女侍……以下皆同）負責打點。多丸先生兩人將會以隔天一早才姍姍來遲的賓客身分登場，推理遊戲的簾幕就是從那時候拉起。

然後，就利用除夕當天演出事件並針對詭計抽絲剝繭，凌晨零時全體集合，各自帶著對「巧克力毒殺案」的推理，依序發表，最後，內定為最終推理者的古泉會輕描淡寫地為大家還原真相。大家就可以如釋重負地告別舊的一年，跟新的一年打招呼。歡迎你的到來！

——以上，就是這次合宿計畫的全貌。

一抬頭，就和春日洋洋得意的臉撞個正著。她會在這種八字都還沒一撇的時候那樣得意的看著我，也不是什麼新鮮事了。

「我們要盛大迎接新年！」

春日拿筷子夾起長蔥。

「然後，好好地感謝新年，讓新年也會是很好的一年。我深深相信，來年將會是SOS團時來運轉的一年。」

妳大小姐愛把年月給擬人化是沒關係，但我不認為妳所謂的好年，對我們全體而言也是好年。

「是嗎？我是覺得今年過得很有趣，才希望明年也是如此啊。難道你不認為嗎？啊，實玖瑠，鍋裡的湯要煮乾了，快加熱水。」

「好好，馬上來。」

朝比奈學姊小跑步跑向茶壺，

「咿咻。」

小心翼翼將似乎很重的茶壺往鍋裡傾倒。

看著朝比奈學姊俏麗的倩影，我不禁回想起今年遇到的種種過往，感情有些許動搖。春日說今年過得很有趣。若問我有不有趣，我的答案是肯定的。

說實話，我小時候也期望過能發生什麼值得炫耀的奇遇。不管是遇到外星人或什麼都好，滿心希望有那一類的東西出現，為我的童年增添新奇的一頁。胡思妄想得以實現，不欣喜若狂才奇怪哩。但是，再怎麼說像現在這樣，生命的新章持續不斷地增加，也未免太出乎我的意料了吧。

可是，對於能有那樣的經歷，我內心的真心話是這樣的——

對，很開心。

當然是事過境遷之後，我才能說得如此大聲。本人可是花了不少時間才修成這種境界。只不過，若是有說第二句真心話的機會，我會說希望日子能再過得風平浪靜一點。就我個人而言，我很希望待在社團教室裡嬉戲的悠閒時光，能再多一點點。

「淨說些怪里怪氣的話。」

春日的兩頰被鮟鱇肝塞得鼓鼓的說：

「你根本都一直在玩！可別跟我說你還沒玩夠喔。嫌不夠的話，就趁過年前這段日子好好地做最後衝刺！」

「不用了，謝謝。」

這女人根本就不曉得，我過去遭遇了什麼樣的苦難，又是如何走出那些傷痛。贏了棒球比賽、將暑假畫下句點、要讓拍電影時開始脫軌的現實回復正常、在過去與未來之間來來去去，而且最近還要再來回一次。雖說這是我自己的決定，怨不得別人；但是將來又不打算考教師資格的我這時期忙成這樣，實在是說不過去。

算了，怨天怨地也不能跟春日抱怨。

「等到了那座山莊，再來做最後衝刺也還來得及。」

我將春日伸得長長的筷子撥開，從鍋裡撈起白菜。這可是難得的春日特製鍋。我得搶在食慾旺盛的女性群（朝比奈學姊除外）吃光光前，多掃一點進肚裡。不然不知道下次何時才能再吃到。

「還算來得及吧。」

春日神情愉快地將牛雜撥往自己的碟子。

「光衝刺是不行的，還要衝出火花。你聽好了，除夕一年只有一次。再仔細想想，今年的除夕一生也只有一次。像今天也是。今天這一天過了，就不會再來第二次。所以不把今天過得毫無遺憾，那真是太對不起今天了。我就希望我的每一天都過得很精彩，永生難忘是最好。」

聽到春日癡人說夢般的語氣，一旁咬住半熟雞肉的鶴屋學姊說：

「哇！春日，一年三百六十五天妳都記得喔？好厲害！啊，實玖瑠，我要喝茶。」

「好好，馬上來！」

朝比奈學姊拿著小陶壺，小心翼翼地在鶴屋學姊高舉的客用茶杯裡注入煎茶。雖然被當成打雜的呼來喚去，朝比奈學姊卻樂此不疲。而春日這個抓到什麼就丟什麼下鍋的隨興掌廚人，也頗能自得其樂；古泉的笑容優雅的就連熱氣沸騰的火鍋都能當成背景來用；默默進食的長門，敲著不聞其聲的舌鼓。甫成為本團名譽顧問的鶴屋學姊雖然是臨時以預備團員身分參加，但是大夥相處的氣氛就跟平常的ＳＯＳ團沒兩樣。

現在的我非常清楚，這樣的時光有多麼可貴。一旦我選擇了這邊的世界，往後也會常常遇到以春日為中心冒出來的奇妙事件。在一切都塵埃落定的那天到來之前，大概又會冒出一兩樁麻煩事吧。

再說，異世界人也還沒有出現。

「要來的話就快點來！」

我一個不小心說溜了嘴，幸好春日和鶴屋學姊正在進行香菇爭奪戰，鬧得不可開交，所以似乎都沒人聽到我的內心話。

不過，我注意到長門的眼睫毛動了一下。

我不經意瞄向窗外，吝於露臉的天空感覺很無精打采，正稀稀落落的飄起雪來。古泉捕捉到我的視線。

「我們這次旅行的目的地，會讓你玩雪玩到膩。對了，你喜歡滑雪還是坐雪橇？張羅用具也是我的工作。」

「我沒坐過雪橇。」

丟下含糊的回答，我的視線飄離了冬日的天空。古泉保持人畜無害的笑容，卻故作犀利地說：

「你所看的究竟是哪一個ＹＵＫＩ？是從天上飄下來的，抑或是——」（註：「雪」和「有希」的日文發音同樣都是ＹＵＫＩ。）

再跟古泉大眼瞪小眼也是無益。我聳聳肩，加入了香菇爭奪大戰。

這場火鍋大會，自始至終都沒被老師抓包，也沒被任何會向老師打小報告的報馬仔撞見，也或許他們早就發現了，只是睜一隻眼閉一隻眼也說不定。總而言之，已經湯足飯飽的我們將鍋碗瓢盆和垃圾收拾好後，就離開了教室，走出校門時，小雪已經停了。

和得趕回家赴聖誕晚宴的鶴屋學姊道別後，ＳＯＳ團又整團朝蛋糕店移動。領了春日訂製的特大號聖誕蛋糕，就往長門的住處出發。

我們不是同情長門得孤伶伶度過聖誕夜，而是因為一人獨居的長門家具備了能共享蛋糕，又可以鬧到天翻地覆也沒人管的絕佳條件。扛著人體扭扭樂（註：Twister game，是在一塊印有許多圓圈的墊子上進行，另外附有一個轉盤，上面寫著身體各部位，遊戲者要照轉到的部位配合圓圈的顏色在墊子上放置手腳等身體各部位，屆時人體會嚴重扭曲變形，多人一起玩更有趣。）遊戲組過來的古泉和抱著蛋糕盒的我，算來不曉得是誰比較幸運。打頭陣跳步走的春日神情相當愉快，想必不時被她抓住雙手甩呀甩的朝比奈學姊，和一語不發一步一腳印的長門多少也感染了她的好心情吧。

照這樣看來，我想應該不致發生從天而降的並非白雪，而是一大群聖誕老人的意外了。春日充分體驗了平凡人的聖誕夜，而且還心滿意足的樣子，她的精神構造和我老妹真是有得拚。也可能是今天比較特別。

其實也沒什麼特別的理由，但是這時期的我，就是較往常寬大為懷。就算春日說要去獵聖誕老人，在寒夜的街道徘徊流連；我說不定也會面帶苦笑的奉陪到底。

在隔音良好的長門房間玩古泉帶來的各種遊戲時，我們每個人看起來是真的都玩得很開心。用兩台筆記型電腦連線對打的《The Day Of Sagittarius3》淘汰賽是長門個人的舞台，我則和春日在玩人體扭扭樂時推來擠去的，這還真是一個瘋到想叫路過的情侶也來參一腳的狂歡夜——

就這樣，我們過了一個歡樂喧囂的聖誕夜。

從聖誕夜到除夕夜這段期間，活像是春日推著時間之神快點走似的，一下子就過去了。我們將社團教室大掃除了一番，還接到國中同學一通疑似頭殼壞掉的電話，我被纏得受不了，只好陪他去看美式足球賽。在這當中，年關也一刻刻地逼近。

新的一年啊。新的一年到底是好或壞，我也不知道。就我個人而言，課業成績再不加把勁，真的會死得很慘。

老媽迫不及待想把我丟進補習班的盤算已溢於言表，今天參加的要是健全的運動社團而且全心投入，或者不怎麼健全但名見經傳的社團的話，多少還可以當作藉口；偏偏參加的是既不健全，又名不見經傳的未公認團體，且成天不學無術、遊手好閒——起碼周圍的人看起來是這樣——今天如果有個成績不佳卻打算升學的學生，換作是我也會很想知道他在高中到底都學了些什麼。

說來真是沒天理，春日的學業成績優秀得不像話；古泉前一次期末考的成績也足以列入秀才之列；或許是基於對考古學的興趣，朝比奈學姊也很努力聽課；至於長門，她的成績用膝蓋想也知道很好。

「算了，那個以後再說。」

當務之急是將冬季合宿活動搞定。眼前只要想這個就好。課業等到新年再來加強。跨年倒數的合宿活動一定得在今年之內起跑。

於是，就這樣——

「出發！」

春日登高一呼！

「呀呼——！」

鶴屋學姊立即呼應。

「據說那邊的天氣晴朗，是絕佳的滑雪日。不過我是說現在這個時間點。」

古泉報告氣象。

「滑雪？是在雪上滑來滑去的那種嗎？」

朝比奈學姊抬起被圍巾包得密不透風的下顎說。

「…………」

長門一手拿著小型行李箱，紋風不動。

「嗨！」

我老妹跳了出來。

我們是在清晨的車站前。待會要坐列車，然後不斷轉乘，預定到達那座雪山的時刻是中午過後。那倒不是問題，問題在於不在預定人員之列的我妹為何會突然蹦出來……

「有什麼關係，既然人都跟來了也沒辦法。帶她走吧，一起去的話事情還比較好解決。妳也不會給我們添麻煩吧，對不對？」

春日前傾身子，對著我妹綻開笑容：

「假如是個我毫不在乎的傢伙，我早就踢回去了；可是你這個妹妹和你不同，個性老實得很，沒理由不ＯＫ。何況她也曾參與電影的演出，三味線也需要一個玩伴。」

沒錯，這趟旅行連我家的花貓也是我的行李之一。想知道為什麼嗎？且聽聽ＳＯＳ團的合宿計畫負責人怎麼說：

「推理劇的詭計，需要貓才能完成。」

是類似《黑貓知情》那類的推理劇嗎？（註：《黑貓知情》是知名推理作家仁木悅子的推理名作。）

坐在自己行李上的古泉說：

「不管是黑貓花貓，會破案的就是好貓。只不過上次在電影裡牠已經展現了卓越的演技，所以我才希望能請牠重出江湖，再現優秀演技。」

現在的三味線不過是隻不會說話的家貓。最好別對牠的演技過於期待。我看著和我妹鼻碰鼻的春日說道：

「託妳的福，害我出門時被她抓包。」

畢竟清晨就要出發實在太早了，老媽那邊我早就下過封口令，才能苟且偷安到現在。老妹也完全沒察覺我和春日他們要去旅行。只是，鴨蛋再密也有縫。當我在自己房內，把還在睡夢中的三味線裝進貓用攜行包時，不知為何老妹突然闖了進來。大概是她起來上廁所，睡眼惺忪中跑錯了房間吧，我猜。

之後就一發不可收拾。老妹惺忪的眼睛突然睜得大大的——

「你要帶三味線去哪裡？你為什麼穿那樣？那些行李又是怎麼回事？」

吵死了，閉嘴。然後我就見識到小學五年級，現年十一歲的我妹比夏天那次更激烈的大吵大鬧，而且還手腳並用，緊抓著我的包包不放，活像是死命巴著岩石的那些奇顏怪色的貝類，不肯鬆手就是不肯鬆手。

「只多一個人還應付得來。」古泉笑著說。「多付一張兒童車票，預算不會超支到哪去。而且我和涼宮同學有同感，令妹都追到這裡來了，實在不忍心將她趕回去。」

和春日打打鬧鬧了一番的老妹，這會又將小臉埋入朝比奈學姊豐滿的胸懷，接著又抱住默然不動的長門的膝蓋。最後被大笑的鶴屋學姊甩得團團轉，哇哇叫個不停。

還好她是妹妹。假如是弟弟，早就被拉到暗巷裡蓋布袋了。

開往雪山的特快車上，老妹的玩興一點也沒有消退，在我們之間跑來跑去，不斷地消耗精力。現在就玩成這樣，到目的地一定無精打采。到時我又得揹著愛睏的妹妹走，可是任憑我再怎麼警告都沒用。和我妹同等級的春日和鶴屋學姊興致始終高昂，行為比較自制的朝比奈學姊也是一副躍躍欲試的樣子。連長門也是，文庫本看沒幾頁就收進行李箱，以靜寂的眼神注視我妹。

我坐在窗沿托著腮幫子，木然地看著窗外高速飛逝的風景。古泉坐在我旁邊靠通道的座位，春日那群姊妹幫則是坐在我們前面的位置。她們將座位轉向，變成彼此面對面，五人一起玩UNO牌。可別大聲喧嘩。會吵到其他乘客的。

被排擠的我和古泉自列車出發後玩了約十分鐘的抽鬼牌。越玩越無趣，很快就放棄了。我們兩個男生幹嘛得互演悲情的丑角啊？

既然如此，只好讓眼睛赴享樂之宴。幻想還沒亮相的朝比奈學姊的滑雪裝扮，還比較有建設性。當我正在苦思要如何營造出我倆單獨在滑雪場相親相愛滑雪的情境時：

「喵～」

我腳邊的攜行包突然發出聲響，從縫隙中露出了貓鬚。

在那場電影騷動落幕後，三味線搖身一變成為不需費心照顧的乖巧家貓，讓人根本看不出牠原來是隻野貓。牠會乖乖等待餵食時間到來，也不會胡抓亂咬，在那傢伙的欲望中佔最大地位的就是睡眠慾吧。今天早上放進貓籠後，就一直在睡覺，再好吃懶做的貓咪也會睡膩。現在才百無聊賴地搔抓蓋子的邊邊。當然，我不可能在車內放牠出來晃。

「再忍耐一下。」

我對著腳邊誘哄牠。

「到了以後，我再買新出品的貓食給你。」

「喵～」

似乎心領神會的三味線又再度歸於平靜。古泉佩服的跟我說：

「一開始，剛聽到牠說話那時候，我真是覺得太神奇了。抓到這隻貓真是挖到寶。喔，我不是指我們幸運抓到一隻公花貓，而是牠如此通人性，真是隻靈貓。」

從群聚的野貓中隨機抓出這傢伙的是春日。因為這算是在幾萬分之一的機率下才會產生的染色體異常。我真應該叫春日去買張彩券。不管中多少，起碼可以貼補一點活動費。不然老是挪用文藝社的社費，怪不好意思的。

「彩券啊……假如涼宮同學中了彩券，事情恐怕會很難收尾吧？你想想，如果她中了億萬彩金，她會開始做什麼？」

我不太想思考這個問題，但我認為那女人會收購美軍淘汰的中古戰鬥機。買單人座的倒還好，怕就怕是多人座，不用想也知道她會抓誰坐在後頭當墊背。

再不然，她就是會豪氣地全砸在宣傳費上。哪天收看黃金時段的綜藝節目時，搞不好螢幕會突然打出：「本節目由ＳＯＳ團獨家贊助」的字幕，光是想像我們演出的廣告會向國內每個家庭播送，我的背脊就發涼。只要讓春日當上製作人，任何節目都會變得荒腔走板。就算讓一個幼稚園學童操作股票都不會比她糟。

「說不定她會想做可以造福人群的事喔。像是提供某種發明的資金啦，或是蓋座研究所之類的。」

古泉拚命發射觀望的風向球，但是俗話說得好：十賭九輸。何況這個賭注實在太大了，會計算風險的人都會躊躇不前。只要沒有特別重大的理由，應該沒人想自找麻煩吧。

「叫她到超商買支會中獎的冰棒，就夠了。」

我再度看向窗外欣賞風景，古泉靠上椅背，身子一沉，開始閉目養神。抵達目的地之後，恐怕會忙翻天，趁現在儲備體力是正確的選擇。

列車外的風景越來越偏田園風，每當穿越一個隧道，景象就更趨銀白。在欣賞風景的當兒，最後我也香甜入眠。

我們就這樣結束列車之旅，抱著行李，連滾帶爬的離開車站，前來迎接的是萬里無雲的藍天搭襯皚皚白雪的雙色風景，還有似曾相識的二人組客套有禮的寒暄。

「歡迎各位的蒞臨，我們在此久候多時了。」

深深一鞠躬的最佳管家演員——

「長途跋涉辛苦了。歡迎光臨。」

和年齡不詳的可疑美人女侍。

「哪裡哪裡，兩位辛苦了。」

同樣善於說客套話的古泉，走過去和那兩人站在一起。

「鶴屋學姊是第一次見到他們吧。這兩位是我的朋友新川先生和森園生小姐，我請他們來幫忙打理這次旅行的餐宿事宜。」

他們的穿著打扮和夏日孤島那時簡直如出一轍。穿著三件式西裝，頭髮灰白的紳士管家新川氏，和身著素雅的圍裙洋裝，女侍打扮的森小姐。

「敝姓新川。」

「敝姓森。」

兩人不約而同低頭行禮。

在這刺骨的低溫中，居然連件大衣都沒披就出來迎客。這究竟是演出的一環，還是角色上身的職業意識促使他們這麼做的？

鶴屋學姊將沉甸甸的行李輕輕晃了晃。

「嗨！你們好！既然是古泉推薦的人，我是絕對相信。就請兩位多多指教嘍。別墅那邊，隨你們愛怎麼用就怎麼用！」

「承蒙不棄。」

殷勤的新川先生再度鞠躬，好不容易才抬起頭來，秀給我們一個生澀的笑容。

「看到各位身體健康，真是由衷欣慰。」

「夏天那一次招待不周，還請見諒。」

森小姐露出溫和的微笑，一看到我妹，笑容又更加溫柔。

「哇，好可愛的小妹妹喔。」

我妹這位不請自來的客人，有如落入滾燙開水中的乾海帶一樣，迅速恢復生氣，「嗨！」一聲就飛奔到森小姐的裙邊。

春日滿面笑容地走上前，踏進了雪地裡。

「好久不見。這次的冬季合宿也讓我相當期待。夏天那次颱風來襲真的有點掃興，我打算趁冬天這次將上次沒玩到的份統統補回來！」

接著轉向我們，以飛車在敵陣成龍（註：此為將棋術語，可以橫衝直撞、但不能斜走的「飛車」一旦昇級成為「龍王」，就可以斜走一格。）的氣勢朗聲說道：

「大家快來！接下來可以大玩特玩了！將這一年的污垢全部抖落，以全新的身心迎接新的一年！連一小片懊悔的碎屑，都不能帶到明年去。聽到沒有！」

我們各以各的方式應答。鶴屋學姊是一手高舉，大叫：「YA——！」；朝比奈學姊顯得有點畏縮，怯懦地點了點頭；笑臉泉除了笑還是笑；無言門還是一樣無言；我妹則是纏著森小姐不放。

而我則偏過頭去，迴避春日那張燦爛得刺眼的笑臉，看向遠方。

那是壓根看不出將有暴風雪來襲的萬里無雲的晴空。

在這個時間點。

我們分乘兩輛四輪傳動車前往鶴屋家的別墅。司機是新川先生和森小姐，由此可以推斷出，森小姐起碼是到了可以考取汽車執照的法定年齡。因為我曾經懷疑她和我們是同一世代的，所以光是這點我就覺得此行有斬獲。不不，我沒有別的意思。勞碌的女侍有朝比奈學姊一個就夠了，我對森小姐真的沒有別的意思。這點很重要。

放眼望去淨是雪白景象的這一段車程並不長。大概開了十五分鐘，我們乘坐的四輪怪獸就在一棟民宿風的建築物前停下來。

「很有氣氛耶！」

頭一個下車的春日踩著雪地，滿意的品頭論足。

「這是我們家別墅中最小而美的一棟，」鶴屋學姊說，「可是我很喜歡這裡。因為它住起來最舒適。」

此處離車站不遠，附近又有走路即可到達的滑雪場，由地緣條件就知道這棟別墅價值不斐，加上鶴屋學姊說這棟別墅是她們家最小的一間的話又不像在騙人，她之所以會說這棟別墅小而美，應該是和她家那棟日式豪宅相比之下的結果。如果讓我以一般人的感性加以形容的話，我會說這裡的面積之廣，和夏天我們造訪的那棟孤島別墅不相上下。到底鶴屋家是幹了多少壞事，才能蓋這麼多金屋銀屋？

「各位請進。」

在前頭為我們帶路的是新川管家。他和森小姐二人徵得鶴屋學姊同意，事先拿到鑰匙，比我們早一天出發，也就是昨天就到達這裡準備就緒。這都多虧了古泉心細如髮的事前協調，同時也能由這種小處看出，鶴屋學姊與鶴屋一家子的大而化之。

這棟全部都是用木頭建造而成的別墅，假如開放作為民宿，一定每到雪季就供不應求。就在我感激涕零地進駐鶴屋家這棟冬季別墅時，突然冒出個小小的預感。

那是什麼樣的預感，我也說不上來。但的確有一股隱約的預感，穿過了我的腦海。

「嗯……？」

我一邊對別墅的內部裝潢讚嘆不已，一邊環顧四周。

不停對鶴屋學姊灌迷湯的春日笑得合不攏嘴，鶴屋學姊也以爽朗的大笑回應她的褒獎。古泉和新川先生、森小姐三人在談話。我妹趕緊將三味線從攜行包中抓出來抱住，朝比奈學姊把手上拿著的行李放在地板上，吁了一口氣。長門則將不知望向何方的迷離目光固定於空中。

沒有任何異狀。

我們接下來要花上幾天，享受名為合宿、實為出遊的假期，然後再回歸本位繼續享受日常時光……

照理說是這樣。

這部一切都已拍版定案的殺人事件劇，我們都心知肚明只是一齣戲，不是真正的命案，所以春日的情緒不會因此而波動。應該也用不著長門和朝比奈學姊出面。古泉的超能力也無用武之地——

換個說法，接下來要發生的可說是內線交易，並不是如墜五里霧中的奇異殺人事件，也不會發生一撬開房間就跳出巨大蟋蟀，超乎想像的狀況。

可是，這感覺到底是什麼？這只能用不協調感來形容的東西，就像是已成為慣用語的：宛如妖精通過的感覺一樣。是啊，就像暑假後半不斷周而復始，我們卻都沒有發現，只是覺得異樣的那種氣氛很像。但不是似曾相識感……

「不行了。」

就像抓到滑溜的魚身一樣，那種感覺又從手中溜走了。

「是我多心嗎？」

我搖搖頭，揹起包包開始爬上別墅的樓梯。朝自己分配到的房間走去。房間佈置說不上豪華，但也可能是我自己不識貨。搞不好隨便問問造型看似簡樸的樓梯扶手多少錢，就會聽到近天價的材料費和工錢。

寢室羅列的二樓走廊下。

「阿虛。」

鶴屋學姊笑著向我走近。

「我可以和你妹睡同一間房嗎？坦白說，預備的房間數不太夠。我是可以打開我小時候用的閣樓房間給她睡，可是她一個人睡在那的話，會很寂寞吧？」

「和我同房也可以呀。」

春日突然探出頭來。

「我剛才看了一下房間，床好大喔。三個人躺成川字睡覺都不成問題。不管怎麼說，女生還是要和女生同房比較健康。」

什麼健不健康，和自己的妹妹同一間房，我又不可能對她怎樣。除非是和朝比奈學姊同房，我的精神狀態才會產生大陡坡，至於不管是和妹妹還是三味線同房，對我根本沒差。

「喏，怎麼樣？」

春日詢問將三味線搭在肩上的老妹。老妹咯咯發笑，完全無視當時的氣氛說道：

「我想跟實玖瑠姊姊睡！」

就這樣，我妹漂亮潛入了朝比奈學姊的房間，將三味線留下來與我作伴。我想機會難得，打算出讓這隻靈貓的陪睡機會時——

「謝謝您的好意。可惜我沒有你的好耐性，能照顧一隻會說話的貓。」

古泉讓我碰了個軟釘子，長門盯著我家花貓的眉心大約有三十秒——

「不必。」

短促回應之後，瀟灑地轉頭離去。

算了，放牠在這棟別墅內閒晃其實也無傷大雅。雖說來到陌生的環境，但三味線似乎和在我家時沒兩樣，直接跳上床鋪，打起盹來。在列車上明明已經睡了那麼久。我也很想躺得平平的，但是行程表上並沒有預排讓我們稍作歇息的時間，只好遵照春日的號令，立刻到樓下集合。

「好！出發！去滑雪！」

我是覺得太操之過急，但是春日式火花衝刺，是絕對連一秒鐘都不會浪費。再加上有活力旺盛的鶴屋學姊助陣，在比春日說不定更HIGH的她相輔相成之下，連行動力也更為加倍。

滑雪衣和滑雪板是古泉從某處租來的。他不知在何時拿到了我們的尺寸，真是不可思議。而且竟然連臨時參加的我妹的份都張羅到了，大小也剛剛好。我彷彿見到了「機關」的諜報人員（在我的想像中是穿黑衣戴墨鏡）潛入北高與我妹就讀的小學，在保健室的置物櫃翻找學生身體檢查資料的光景。嗯，以後再跟他打聽朝比奈學姊的三圍。打聽學姊的三圍並不是要幹嘛，純粹只是好奇心使然。

「我好久沒滑雪了。小學時代的同樂會之後就沒再滑過。誰叫我們那裡都不下雪，冬天就是要下雪才有氣氛！」

一聽就知道是不知雪地疾苦的死小孩說的話。不希望下雪的人多得是。根據我的分析，戰國時代的上杉謙信絕對是其中一人。（註：永祿五年（1562年），武田信玄與北条氏康的聯軍分化了上杉謙信武藏與上野的兵力，上杉疲於奔命，加上冬天來臨，犀川以北被冰封，上杉被迫圍攻下野佐野城，待雪融才退兵。但是這段期間，武田軍已連下多城，居於劣勢的上杉最後只得退兵回越前，此戰也讓上杉兵力元氣大傷。）

扛著滑雪板，穿著難走的靴子行軍的我們，總算抵達了宏偉的滑雪場。我和春日一樣，都很久沒滑雪了。國中之後就沒滑了吧。我妹是頭一次，朝比奈學姊大概也是。我確定長門從未體驗過，但我半相信屆時她的身手絕對比職業好手還優。

坐滑雪吊椅登高的五顏六色滑雪衣零星映入了我的眼簾。才覺得人數比想像中來得少，鶴屋學姊就開始說明：

「這裡可說是鮮為人知的桃花源，只有行家才知道的秘密滑雪場。因為這裡直到十年前，都還是我們家的私人滑雪場。」

不過現在開放了。鶴屋學姊的補充說明中毫無惹人厭的炫耀語氣。世界上就是有這種人。外表好，個性好，經濟好，家世好，什麼都好到無可救藥的人。

在吊椅乘坐處附近套上滑雪板的春日說道：

「怎麼辦，阿虛？我想直接登上最高級的滑道，可是大家都會滑嗎？你呢？」

「讓我們練習一下。」

我看著靴子套上了滑雪板，但每走三十公分就跌倒的老妹和朝比奈學姊，如此回應春日。

「不先教她們一些基本技巧的話，別說是最高級了，連坐上吊椅都要折騰上老半天。」

很快就跌得滿身雪的朝比奈學姊，簡直像是天生就該穿滑雪裝的模特兒。我偶爾會想，世上真有她穿起來感覺很不搭軋的衣服嗎？

「這樣吧！我來訓練實玖瑠，妹妹就拜託春日教！至於阿虛你們，自己找個地方看著辦。」

鶴屋學姊的提案真是求之不得。我正需要一段時間找回滑雪的感覺。不經意地看了看旁邊。

「……」

面無表情握著滑雪杖的長門，已經平順地滑了出去。

結果，我妹壓根都學不會。是春日的教學不得法嗎？

「雙腳併攏，用雪杖用力一蹬，咻一下就滑出去了，然後就一鼓作氣向前衝，停下來時也要一鼓作氣。好了！這樣就通行無阻啦！」

是寸步難行吧。萬事靠一鼓作氣就行得通的話，世界第一省的環保省油車就開發有望了。

而且很遺憾，我妹一鼓作氣的成效僅呈現在三十公分就跌倒的間隔延長為三公尺。不過我妹還是玩得很開心，又叫又跌又吃雪的，不論結果如何，都應該算是正當的娛樂方式吧。但是怕吃壞肚子，還是別樂過頭的好。

另一邊的朝比奈學姊不知是她本身有天分，還是鶴屋學姊指導有方，才三十分鐘就學會了滑雪。

「哇、哇！好好玩！哇！好棒喔！」

在純白的背景中，笑逐顏開滑行的朝比奈學姊的模樣，要我長話短說且中間省略的話，簡直活脫是精雕細琢的雪女末裔驚豔現世，美得就像是一幅藝術畫。光憑這副美景，就算要我立刻掉頭打道回府，我也心甘情願了。不過在這之前，得先拍幾張照片。

春日斜睨著自個兒練習滑雪的我和古泉，並以沉思的神情看著始終都沒有長進的我妹。看她的表情，好像是在說很想快點到山頂嚐試直滑降，但是又不能帶著這個小五生同行。

鶴屋學姊大概看穿了她的心思，才會這麼說：

「春日！妳們先去坐吊椅沒關係！」

鶴屋學姊將跌倒了卻笑得很開心，手忙腳亂的我妹救起來。

「妹妹我會教她！不然在這裡陪她堆雪人，或者坐雪橇也可以。雪橇去租就有了。」

「可以嗎？」

春日看著我妹和鶴屋學姊，開口致謝：

「謝謝學姊～！對不起喔～」

「沒關係沒關係！來，妹妹！妳想上滑雪教室，堆雪人，還是坐雪橇？」

「堆雪人！」

妹妹大聲回答，鶴屋學姊笑著卸下了滑雪裝備。

「好，那我們就堆雪人。我們堆一個好大好大的，好不好？」

看著開始做雪球的那兩人，朝比奈學姊好不羨慕的說：

「堆雪人啊……我也想留下來堆雪人……」

「不──行。」

春日迅速扣住朝比奈學姊的手臂，笑笑的說：

「我們要到山頂去。然後大家來比賽。最先滑到山腳下的人，我會授與冬將軍的勳位。好好加油啊。」

這女人大概又打算比到自己贏才肯罷休。那倒是無所謂，但是一下子就要向最高峰挑戰，我還是有點怕怕的。按部就班來會比較好。

春日鼻翼賁張，哼了一聲：

「膽小鬼。滑雪就是要一鼓作氣攻頂才好玩嘛！」

雖然嘴巴這麼說，她還是採用了我的提議，真是難得。我們決定先從中級滑道開始，將最主要的活動項目──最高級的難關留到最後再挑戰。

「來坐吊椅吧。有希，我們要走了！快回來！」

在我們周邊來回畫弧滑行的長門，聽到春日的呼喊，就迴轉削雪過來，不偏不倚停在我的旁邊。

「我們大家來比賽！比賽！我手上的吊椅免費乘坐券足夠我們大家玩到日落西山……不對！即使太陽下山了，我們還是照樣能坐！好，大家跟上來！」

不用妳說我也會這麼做。況且就算我表明想參加雪人製作班，妳也不會恩准。姑且不論古泉，一旦到了長門和朝比奈學姊也放任春日胡搞瞎攪的時候，我看不只冰風雪，就連冰河期回溯也不無可能。這當中若沒有客觀又品德高尚的人跟著可不行。至於我是否有足以傲視群雄的客觀心態呢，其實我自己也搞不太清楚，而且古泉馬上就會掰出好幾種道理駁倒我。所以我也懶得介意了。這是因為，那老早就已經成了無關緊要的事。

全體團員都精神百倍地站在這裡，雪是無可挑剔的粉雪（註：powder snow，低溫時下的粉末狀雪，水分少，質地鬆軟，適合滑雪），澄澈的晴空又是一片蔚藍。表情和那片天空一樣晴朗的我們團長，伸出了手。

「這個滑雪吊椅是雙人座，為公平起見，猜拳決定吧！」

接下來。

沒有特別值得一提的發展。個別行動的鶴屋學姊和我妹決定留下，SOS團的正規成員則是乘坐吊椅緩緩爬坡，享受普通的滑雪樂。每當滑到山腳下，雪人的形狀就越來越鮮明，鶴屋學姊和我妹就像是同世代的朋友一樣玩得不亦樂乎。或是給雪人戴上鐵水桶，或是裝上口鼻，十分樂在其中。很快的，她們開始動手製作第二座雪人。這是她們留給我的最新一幕記憶。

或者，該說是最後的記憶也說不定。

這是第幾次滑雪大回轉賽了？

順利滑下山的我們，不知在何時……我們真的完全沒注意到時間。在不知不覺中，很突如其來的，我們就置身於風雪中。放眼所及全是白色景象，一公尺外有無東西都無法確認。

颼颼吹來的強風混合雪的碎片，不停地打在身上。痛楚遠比寒冷更深刻。暴露在外的臉很快就凍僵了，連口鼻都得朝下才能順利呼吸，我們就是置身在如此強大的冰風暴裡。

之前真的一點預兆也沒有。

帶頭先滑下去的春日停了下來，正在和她競速的長門也戛然停止，和朝比奈學姊一起慢慢滑的我與吊車尾的古泉快追上時——

我們已經籠罩在暴風雪中。

就像是被人召喚來似的。

……

……

………

回想到此結束。現在你們總算了解我們為何困在雪山中舉步維艱了吧？

周圍的視線實在太差，就算幾公尺外就有斷崖峭壁，我們也可能因一時不察而跌落遇難。

其實應該是沒有斷崖啦，但是未標示於地圖上的東西突然出現也沒什麼好奇怪的，這座滑雪場連跳台也沒有，況且我一點都不想挑戰large hill（高台跳遠）。說斷崖雖然是誇張了點，不過若是與被雪塗上白色迷彩的樹木正面衝突的話，一個搞不好連鼻樑都會撞斷。

「我們現在到底在哪裡？」

這種時候還是得靠長門。我也覺得很無奈，但性命是無可取代的。不過我們在長門正確無比的導航下走了好幾小時，卻始終停留在一開始我跟大家述說的狀況。

「真奇怪。」

就連春日的抱怨也開始帶著疑惑的氣味。

「這是怎麼回事？再怎麼說也不可能一個人影都沒看到啊。太古怪了。我們到底走了多久？」

她注視著走在前頭的長門，而長門也是一副懷疑自己是否弄錯下山方向的表情。現在也只能這麼想。這裡又不是什麼秘境，只要抓到大致的方位，沿著斜坡下山自然就會走到山腳下。

問題就是始終走不到，說不奇怪才奇怪。

「沒辦法，先做個雪洞紮營吧。等雪小一點再繼續走。」

「慢著。」

我叫住春日，走到看似在撥雪的長門身邊。

「這是怎麼回事？」

一頭短髮被寒氣凍得硬梆梆的撲克臉少女緩緩仰望我。

「發生了無法解析的現象。」

小聲地如此說道。黑漆漆的眼眸真摯地直視著我。

「倘若我認知的空間座標正確無誤，我們目前的所在位置，早就通過起點了。」

什麼跟什麼。那我們應該早就進入有人家的地方啊。但是我們走了這麼久，卻連吊椅升降的纜線或小屋也沒見著。

「發生了超出我的空間能力所能掌握的事態。」

聽到長門冷靜無比的聲音，我不禁倒抽了一口氣。像是舌尖沾到的雪結晶瞬間蒸發了一樣，我到了嘴邊的話也煙消霧散。

超出長門能力的事態？

當時浮現的奇妙預感就是這個嗎？

「這次是誰幹的好事？」

長門陷入了沉思，眼睛眨也不眨地看著迎面撲來的雪花亂舞。

我們都沒人帶手錶，也沒帶手機，就往滑雪場出發，現在是幾點也沒人清楚。只知道從鶴屋家別墅出來時是下午三點左右。可是我們出來肯定也有好幾個鐘頭了，灰濛濛的天空還是有點亮。只是有厚雲層遮住加上風雪籠罩，以致於完全看不出太陽的位置。很像是覆滿光蘚的洞穴裡那種濛濛的亮度，我不禁感到智齒深處湧出一股鐵　味，且隱隱作痛了起來。

怎麼走都繞不出這片雪壁，天蓋也是清一色的灰。

我也不是不覺得眼前的光景似乎在某處經歷過。

難道——

「啊！」

站我旁邊的春日，突然大叫一聲，我被她嚇得心臟差點就要衝破肋骨飛出去。

「喂！不要嚇人好不好！突然喊那麼大聲幹嘛！」

「阿虛，你看那個！」

春日不畏強風筆直伸出的指尖前方——

有個小小的亮光。

「那是什麼？」

我凝視起那個亮光。或許是風雪交加的關係，那個亮光看起來閃爍不定，但是光源本身並沒有移動。和甫交尾完畢的螢火蟲的微弱亮光很像。

「那是從窗戶透出來的光！」

春日的聲音充滿了驚喜。

「那裡一定有房屋！我們過去看一下吧。再待下去我們會凍死的。」

再待下去，的確會被她說中。可是……房屋耶。這麼荒涼的地方會有房屋嗎？

「這邊這邊！實玖瑠、古泉！大家好好跟上來啊！」

春日儼然成了人類除雪車，奮勇的一馬當先為我們開道。寒冷、不安加上疲勞，朝比奈學姊的身體不住地顫抖，古泉扶著她，緊跟在春日身後。擦身而過時他所吐出的對白，讓我的心更是冷到了谷底。

「那很明顯是人工的光芒。可是我很確定，稍早之前那個地方並沒有亮光。因為我都有在注意附近的狀況。」

「……」

長門和我都一語不發，望著用滑雪板將雪踢散，為我們開路的春日背影。

「快點快點！阿虛，有希！別走散了！」

目前也別無他法了。與其凍成冰屍在百年之後登上新聞頭條，我寧願賭一賭微乎其微的存活機率。就算那是人家設下的陷阱，眼前我們也沒有別條路可走。

我推著長門的背，走上春日開出的雪道。

我們越走近，那道光就越亮。春日異於常人的視力真不是蓋的。那的的確確是從窗戶透出來的室內燈光。

「是洋房！而且好大一棟……」

春日停下了腳步，臉部垂直朝上，抒發完印象感想之後，又繼續走。

我也望著那棟巨大建築物，黯然的心情又更加晦暗。在銀白的雪與鉛灰的天空交織而成的背景裡，它就像皮影戲中的房子一樣矗立著。之所以看起來如此陰森，似乎並不只是因為外觀罕見之故。說是洋房嘛，又如城堡般宏偉，屋頂上突出的幾座用途不明的尖塔，不知是光線不足還是怎樣，看起來黑漆漆的。雪山中有這麼一棟建築物，假如還不叫詭異的話，那全國的辭典裡對於「詭異」這個詞的解釋都有必要改寫。

地點是暴風雪籠罩的雪山。登場人物是遇難的我們。迷失方向時偶然發現了小小的燈火，循著光源卻走到了一棟奇妙的洋房前——

萬事俱備，只欠東風。接下來出現的是比上回更怪的洋房主人，抑或是異形怪物之流？而接下來的故事是會走懸疑推理風或是恐怖血腥風呢。

「請問——」

春日很快對著玄關，拉開了嗓門。大門上既沒有對講機也沒有門環。春日的拳頭敲在一點也不華美的大門上。

「有人在嗎!?」

我站在不斷毆打大門的春日身後，再度打量起這座洋房。

不是我多疑，這個舞台的條件實在是太齊全了，簡直就像是為我們量身訂作的。但我知道，這不是古泉的精心佈置。假如這棟洋房的門一打開，新川先生和森小姐出來行大禮的話就實在太棒了……但是長門也說了，目前的狀況超出她的能力，證明這並不是古泉的傑作。我不認為古泉有辦法騙過長門，就算他想拉攏長門，讓她分擔部分的驚喜工作，長門也不會對我說謊。

春日以不輸暴風雪的洪亮聲音大吼：

「我們迷路了!拜託讓我們進去休息一下好嗎?我們困在雪中真的快凍未條了！」

我回頭確認，全員都在。長門以一如既往的瓷娃娃表情，凝視春日的背部。朝比奈學姊神情驚慌，緊抱自己的身體取暖，時而可愛的打聲噴嚏擦擦完全變紅的鼻頭。古泉的招牌笑容從臉上消失了。只見他交叉雙臂，歪頭沉思，表情活像是吃了什麼苦澀的東西，宛如一個在猶豫到底要不要開門的哈姆雷特。

春日發出的噪音之大，換作是在我家附近，鄰居早就出來罵人了。問題是，門內依然沒有任何回應。

「沒人在家嗎？」

脫掉手套，對著拳頭呼出熱氣的春日惡狠狠的說：

「裡面有亮光，還以為裡面有人……阿虛，怎麼辦？」

就算問我也沒辦法馬上給答案。只有想到什麼就做什麼的熱血英雄，才會一股腦兒衝進這種疑雲重重的場所。

「只要有可以遮風避雪的地方就行了……附近有沒有庫房或是小倉庫？」

可是，春日並沒有做尋找別館這種拐彎抹角的事。只見她重新戴上手套，手握住結冰積雪的門把。宛如在祈禱似的呼出一口氣。神情肅穆的她，緩緩扭轉門把。

或許我應該要阻止她的。至少，在聽了長門的忠告之後，我就應該判斷得出來。但是說什麼都太遲了——

——活像是洋房本身張開了嘴似的。

大門開啟了。

人工燈火照亮了我們的臉。

「原來沒有上鎖啊。有人在的話，出來應個門又不會死。」

春日將滑雪板和雪杖靠在房子的牆上，打頭陣衝進去。

「有人嗎？有沒有人啊？我們要進來打擾了！」

沒辦法，我們只好仿效團長的行動。最後進屋的古泉關上門，我們終於得以和吹了好幾個小時的冷氣與寒氣以及刺耳的風聲暫時說拜拜。應該是鬆了一口氣吧。

「呼——！」

朝比奈學姊一屁股坐在地上。

「喂！到底有沒有人啊——！」

耳邊聽著春日的大聲吶喊，屋內的明亮與溫暖漸漸傳到了骨子裡。很像是剛從寒冬的戶外返回室內後就直接去洗熱水澡的感覺。頭上和雪衣的積雪很快就融化成水滴滴在地板上。這裡的暖氣開得還蠻強的。

可是，屋內似乎沒有人在。該是有人出來表示自己嚴重受到打擾，將春日攆出去的時候了，卻沒有任何人出來回應春日的呼喊。

「這不會是鬼屋吧。」

我喃喃自語，開始環顧屋內。從大門一進來就是大廳堂。若說相當於高級旅館的大廳應該比較好懂吧？天花板挑得相當高，上面吊著一盞巨大的美術燈大放光明。地板上鋪了深紅色地毯。屋外像座陰陽怪氣的城堡，屋內的裝潢卻相當現代，正中央有道相當氣派的樓梯直通二樓的走道。若是有衣帽寄物間的話，我真的會誤認為這裡是飯店的一樓。

「我去看看就回來。」

春日被怎麼等都不現身的屋主給惹毛了。她像是蛻皮般的甩掉濕漉漉的滑雪衣之後，接著又用踢的將滑雪靴脫掉。

「雖說是緊急事態，顧不了那麼多，但我可不想因為擅闖民宅而被訓一頓。我去看看有沒人在，你們在這等我。」

不愧是團長，說的話果然有團長的氣魄。當只穿著襪子的春日正要走出去時——

「等一下！」

我叫住了她。

「我跟妳去。我怕妳一個人去，萬一做出什麼失禮的事就頭大了。」

我連忙脫下外衣和靴子。身體突然變得好輕盈。在大風雪籠罩的山中迷途所累積的疲勞，彷彿全留在衣服上一併脫掉了。我將笨重的衣裳遞過去。

「古泉，朝比奈學姊和長門就麻煩你照應了。」

完全無法幫助我們逃離雪山的超能力小子，露出了扭曲的笑容，輕輕點了點頭。我匆匆看了仰望著我的朝比奈學姊擔憂的眼眸，和默默佇立的長門一眼。

「走吧。這地方這麼大，也許對方在很裡面，才沒聽到妳的大嗓門。」

「你說了就算啊？像這種時候，發號施令的人只能有一個！乖乖照我的話做！」

嘴硬的春日一給完下馬威，立刻抓住我的手腕，向待命三人組說：

「我們馬上回來。古泉，她們兩人就交給你了。」

「是。」

古泉又恢復成平常的笑容回答春日，對我也點了一下頭致意。

我猜，這小子大概和我想的是同一件事。

就算搜遍這屋子的各個角落，也找不到半個人影。

不知為何，我就是有那樣的預感。

春日決定先到樓上探險。從廳堂的大樓梯走上去一看，左右各有一條長長的通道，通道左右兩側有數也數不清的木製門扉。我們試著打開其中一扇門，輕易地就打開了，裡面是整潔的西式寢室。

走廊兩端又出現了樓梯，我和春日再朝樓上走去。至於往哪邊當然是聽春日的。

「那邊。接著走這邊。」

春日一隻手用來指示方向，另一隻手用來拉我的手腕。每到新的樓層，她就會高喊：「有人嗎？」聲音大到近在她身後的我實在很想摀住耳朵，但我連這都做不到。我只能照著春日的指示，乖乖地跟著她走。

因為房間數實在太多，我們只好隨機取樣開幾扇門看看，在確認過都是同樣的寢室之後，人已經來到了四樓。屋內的通道是都開著常夜燈嗎？每一樓都燈火通明。

接下來要開哪扇門呢？當我正在用眼睛選擇時——

「這讓我想起夏天那次，我們為了確認船在不在跑到外面那時候。」

……嗯，是有那麼一回事。那時，我也是像現在一樣被春日拉著，冒著豪雨奔跑。

我正在倒轉暗褐色的記憶膠卷時，春日突然站住，手腕被抓著的我也停了下來。

「我這個人啊……」

春日低聲說道：

「忘了是從什麼時候開始的了……在不知不覺間，我變得會盡量選擇跟人家不一樣的路走。啊，我說的路不是普通的道路喔。而是具有方向性或是指標性的那種。就像是生存之路之類的。」

「哦。」我隨口附和了一下。所以呢？那又怎樣？

「所以，我會事先避免和大家走同樣的路線，這麼一來我的體驗自然跟人家不太一樣。因為大家共同的選擇，多是很無聊的事情。為什麼他們要做那麼無趣的選擇，我真的一點也不明白。也因此，我發現到一件事。只要一開始就做出和大部分人不一樣的選擇，往往會有很有趣的事情等著我去開發。」

天生反骨的人往往只由於大眾化這個理由，就背對主流反其道而行。不計利害得失自願選擇小眾路線。我自己多少也有那種傾向，因此春日所說的我也不是不了解。不過，我覺得妳的路線實在走得太極端，已經徹底偏離了什麼大眾小眾的層次。

春日微妙的嫣然一笑：

「算了，其實那個無關緊要。」

什麼！既然不需要我的答案，一開始就不要問！也不看看狀況！現在可不是悠閒講笑話的時候！

「不過，我倒是很在意一件事。」

「這次又是什麼？」

我不耐煩的回答。

「你和有希是怎麼了？」

……

春日並未看我，而是直視著走廊的前方說。

我的回應慢了一拍以上。

「……妳在胡說什麼？我跟她又沒怎樣。」

「騙人。我發現你從聖誕夜之後就很在意有希。每次我看你，你總是在注視有希。」

春日還是直盯著走廊的前方。

「不是因為你撞到頭的關係吧？還是說，你對有希的確不懷好意？」

我壓根沒發覺自己老盯著長門看。和看朝比奈學姊的時間相較，頂多是呈6比4的比例吧

……現在不是說這個的時候啦！

「哪有……」

我不由得結巴了起來。自從上次的消失事件過後，就像春日觀察到的，我對長門是多了那麼一點關懷。之所以會口頭予以否定，是因為我自己也很在意。只是我萬萬沒想到春日會察覺到這件事，以致於我完全沒來得及準備模範解答，卻又不能據實以告。

「說！」

春日刻意一個字一個字咬得很清楚。

「有希也有點變了。雖然外表和以前沒兩樣，但我就是知道。你和有希之間發生了什麼事對

不對？」

短短兩三句，就從「不懷好意」成了「既定事實」。再放她胡亂臆測下去，等回到古泉他們身邊時，恐怕我和長門就是「真有其事」了。實際上，我們也的確發生了一些事，一時之間想完全否定實在很難。

「呃，呃，那個……」

「休想敷衍過去！你這下流胚子！」

「不是！我和長門之間真的沒有不可告人之事！只是，只是……其實……」

春日看著我的眼神，越來越像在瞄準箭靶。

「其實怎樣？」

在春日挑戰的眼神注視下，我好不容易才擠出話來。

「長門心裡有煩惱。對，就是這樣。前陣子她找我商量。」

一邊思索一邊說話，真的很辛苦。如果說的話都是用掰的，難度更高。

「坦白說，她的問題到現在還沒有解決。該怎麼說呢……也就是說……總之那件事得靠長門自己解決才行。我能做的就是傾聽，至於怎麼做，還是要長門自己決定。長門還沒跟我說她決定怎麼做，我當然會有點在意，也才會不時盯著她看吧。」

「有希是在煩什麼？她又為什麼要找你談？找我談也可以呀！」

口氣聽起來還是半信半疑。

「我不認為有希會覺得你比我或古泉來得可靠。」

「是除了妳之外，長門找誰商量都可以吧。」

我用自由的那隻手制住眉毛吊得老高的春日，頭腦好不容易才恢復了靈敏的思考。

「事情真的就是這樣。妳曉得長門為何要一個人住嗎？」

「家庭因素吧？我不愛刺探人家隱私，所以我也不是很清楚。」

「現在她家的情況起了點變化。看結果而定，長門獨自在外賃屋而居的生活有可能會結束。」

「到底是怎麼回事？」

「簡單說就是她得搬家。離開那棟豪華公寓，搬到很遠的地方……可能是去投靠親戚。當然，學校也會有變動。也就是轉學。明年春天新學年開始我們升高二時，她也許會轉到別的學校去……」

「真的？」

春日的眉毛緩緩下降了點。再加把勁就成了。

「真的。可是長門不管家裡怎麼說，她就是不想轉學。她很想在北高待到畢業。」

「原來她是為此而煩惱啊……」

春日低著頭好一會，可是再抬起來時又是怒目相向：

「那更要跟我說呀！有希是非常重要的團員，我絕對不准她擅自離開！」

光是聽到這一句，我就心滿意足了。

「找妳談？那樣事情只會越鬧越大吧。妳一定會跑去長門親戚家示威抗議，堅決反對長門轉學。」

「也對啦。」

「長門早就下定決心要自行解決了。她雖然有點迷惘，但還是心繫那間社團教室。只是老往牛角尖裡鑽，精神負擔會很大，才想找個人傾訴。正好那時我住院，長門獨自來探視我，就跟我說了。就只是剛好其他人都不在而我在。真的只是這樣而已。」

「這樣啊……」

春日輕輕嘆了一口氣。

「原來那個有希，在煩惱那種事情啊……？看她最近都挺開心的，實在看不出來。放假前，碰巧在走廊上遇到的電研社下級社員們還對她行九十度鞠躬禮哩。看她倒也不討厭的樣子……」

我在腦中努力拼湊長門倒也不討厭的表情，卻怎麼也拼不出來，只好搖頭放棄。就在這時春日突然抬起頭來說道，

「可是，嗯，算了，也對啦。那的確很像是有希的作風。」

看來她是相信了，我鬆了一口氣。這虛構的小插曲有哪點像長門的作風了？連我自己都覺得不可思議。但春日似乎認定長門就是那樣子的女生。我趕緊趁機將這話題做個收尾。

「我剛才跟妳說的，千萬別說出去，尤其無論如何都不能跟長門提起。妳放心，那傢伙到了新學年還是會好好地待在社團教室看書的。」

「那當然，否則我是不會善罷干休的！」

「但是……」

感覺到被春日緊抓的手腕發燙的我又補充說明。

「萬一，只是萬一喔。長門說她還是得轉學，或是被人強行帶走的話，妳愛怎麼鬧就怎麼鬧。到時我一定挺妳到底。」

春日的眼睛眨了兩次之後，就呆呆地望著我看。接著綻開燦爛無比的笑容說：

「那當然！」

我和春日回到一樓的入口大廳時，守候三人組已脫下雪衣，以各自不同的神態迎接我們。

不知為何，朝比奈學姐是泫然欲泣的模樣。

「阿虛、涼宮同學……你們回來了，太好了……」

「實玖瑠，妳幹嘛哭啊。我不是說我們馬上就會回來了嗎？」

春日開心地安慰朝比奈學姊，還摸摸學姊的秀髮，而古泉的表情則礙眼得很。你那個眼神到底是想說什麼？莫名其妙的使眼色打ＰＡＳＳ也沒用，傳不到我心中就是傳不到我心中。

剩下的長門，則是木然地杵在那裡，漆黑的眼眸直視春日。看起來似乎比往常更加木然。就算是外星人製有機生命體，對這種如除雪車般的雪中行進，恐怕也是不勝負荷，我如此解釋讓自己能夠理解。長門並不是完美無缺的個體。事到如今我已經明白這點。

「我有件事想跟你說……」

古泉若無其事地接近，並附耳過來。

「但是這件事得瞞著涼宮同學。」

既然他都那麼說了，我也只好乖乖的把耳朵湊過去。

「根據你的感覺，你認為你和涼宮同學離開了多久時間？」

「應該還不到三十分鐘吧。」

雖然途中聽春日講了不少廢話，我又編謊話哄她，但是感覺上差不多就是那麼久。

「我就猜到你會這麼說。」

古泉的表情既像滿足又似困擾。

「對留下來守候的我們而言，你和涼宮同學出去探險到回來會合，其實經過了三個多鐘頭。」

計時的是長門——古泉如此說。

「因為你們實在去太久了。」

這小子撥了撥乾了的瀏海，意有所指的笑道：

「所以我決定做個實驗，於是拜託長門同學走到我們看不見的地方，並請她正確計秒，十分鐘後再回來。」

長門毫無異議地照做了。她走向入口大廳的旁邊通道，最後在轉角處消失了身影——

「可是，我還沒數到兩百，長門同學就回來了。我不得不懷疑，因為在我的感覺裡她離開還不到三分鐘。可是長門同學表示她確確實實計時了十分鐘。」

長門說的話絕對不會錯。會不會是你中途打了瞌睡，或是進位進錯了？

「朝比奈學姊當時也小聲地在讀秒，和我計算的差不多。」

這樣啊……我還是覺得長門的比較正確。

「連我自己也不懷疑長門同學的計時精準度。這麼簡單的數數兒，她也不可能會犯錯。」

那是怎樣？這世界就是這樣啊。

「我懷疑這棟洋房的時間流動，會因場所不同而有所差異……又或者是，存在於此的每個人主觀時間與客觀時間的認定產生了歧異。至於哪一種才是對的……我也不敢打包票，也可能兩邊都對。」

古泉看著用爽快的神情粗魯安撫朝比奈學姊的春日，又看看我。

「盡量全體一齊行動是最好。否則我怕時間上的齟齬會更形惡化。若只是這樣倒還好，如果只有這棟建築物內部時間錯亂，倒不是沒有對應的方法。但是，要是在我們被誘來這裡之前，時間就發生齟齬了怎麼辦？你對於那無預警颳起的大風雪，怎麼走都走不到目的地的這趟下山之旅有何看法？萬一我們在當時就已經被拉進別的時空的話……」

我看看頭髮被春日亂扒一通的朝比奈學姊，又看看長門。被風雪吹得變形的髮型已經乾了，也恢復了原狀。膚色也恢復到比白雪還溫暖的白。

我也對古泉咬起耳朵來。

「那麼，你和長門、朝比奈學姊開過小組會議了吧？有談出什麼結果嗎？」

「朝比奈學姊完全沒有頭緒。」

看她哭成那樣就知道。重點是另外一個人。

古泉的音量又壓得更低。

「她什麼話也沒有說。早先我拜託她時也是，一語不發就走出去了，回來時也照樣沒有說話。我問她真的量了十分鐘嗎？她才點點頭。除此之外她什麼意見也沒有發表。」

長門一直注視著紅地毯的表面。那張撲克臉昨天和今天都一樣，但是我總覺得呆滯度增加了許多……能當成是我多心嗎？

當我正打算出聲對長門表達關懷之意時——

「阿虛，你在幹嘛？還不快跟大家報告！」

春日以睥睨的姿態，對調查結果語帶得意地說：

「我們剛才去繞了一圈回來，二樓以上的房間全都是寢室。本來以為可以找到電話的……」

「是啊，結果沒找到。」我補充下去。「而且也沒電視和收音機。同時也看不到電話接線孔和類似無線電的機器。」

「原來如此。」

古泉用指尖撫著下顎。

「換句話說，這裡沒有和外界取得聯絡、或是從外界獲得情報的管道就對了。」

「至少二樓以上是這樣。」

春日綻開的微笑裡，沒有一絲不安：

「只要一樓有就好啦，就不知道有沒有？這棟房子這麼大，說不定還設有專門用來通訊的房間呢。」

我們這就出發去找吧——春日以手勢代替旗令，將愁眉苦臉的朝比奈學姊拉了過去。

我和古泉、長門殿後，也走了出去。

沒多久，我們就在飯廳休息了起來。這個裝潢復古的空間，有著我從沒去過，因此所知有限的三星級餐廳般的氣派宏偉、金碧輝煌。鋪設了白色桌布的餐桌上，放置了閃耀著金黃色光芒的燭台。抬頭一看，天花板上也吊有一盞豪華的美術燈，冷冷地俯瞰著ＳＯＳ團的成員。

「真的一個人都沒有耶。」

春日將冒著熱氣的茶杯舉到嘴邊。

「這裡的人到底是跑哪去了?燈和空調都開著，這樣很浪費電耶。也沒有通訊室。怎麼會這樣？」

春日一小口一小口啜飲的熱奶茶，是跟這間有如高級餐廳般的飯廳裡頭的廚房中的茶杯和熱水瓶等一起擅自借用的。等水煮開的期間，朝比奈學姊和春日到處翻翻找找，在收納櫃裡發現了像是洗好後烘乾的晶亮餐具。特大號冰箱也存放了不少食材，實在很難想像這裡會是久無人居的廢棄住宅。感覺上，簡直就像是我們一到達這裡的同時，這間宅邸的全部居民就打包好行李走掉了似的。不，就連這個推論也留有疑點。如果真是這樣，不可能整間屋子一點人味都沒有。

「簡直跟瑪麗・賽勒斯特號一樣。」（註：1872年12月4日，一艘漂流船「瑪麗・賽勒斯特（Mary Celeste）」在大西洋被發現。船長一家人和八名水手均不知去向，餐桌上卻留有熱騰騰的食物，救生艇也還在。）

春日似乎想搞笑，可惜不太成功。

一樓的探險是五人一齊進行的。魚貫而行的我們每看到一扇門就打開來看，每次都會發現用得到的東西。備有巨大乾衣機的洗衣房，設有最新機種的卡拉ＯＫ室，像澡堂一樣寬闊的大浴室，還找到設置了撞球台、桌球台和全自動麻將桌的娛樂室……

我只希望，這條通道的房間不會是新生出來的空間。

「也有一個可能……」

古泉將茶杯放在茶碟上，把玩似的拿起金光閃閃的燭台。原本以為他要偷偷Ａ起來，沒想到他仔細鑑定了一番後，又放回原處。

「待在這棟宅邸的人，颳起風雪前就出遠門了，卻因為這惡劣的天候而無法趕回。」

他露出了一抹微笑，似乎是要做給春日看似的。

「假如是這樣，他們就會等風雪平息後才回來。但願他們能將心比心，原諒我們擅自闖入的無禮行為。」

「一定會的。因為我們真的是走投無路。啊，會不會這棟洋房本身就是建來當我們這種迷路的滑雪客的臨時避難所？這麼一來，為什麼裡面空無一人就解釋得通了。」

「世上哪來沒有電話也沒有無線電的避難所？」

我的聲音略顯疲憊。我們五人在一樓挨門挨戶冒險的成果，就只有這麼多。這棟建築物不僅沒有與外界聯繫的方法和接收情報的來源，而且連個時鐘都沒放。

不過在那之前，我認為這棟宅邸已經明確的違反了建築法和消防法。

「又是什麼人，會去建造這麼一座大而不便的避難所？」

「國家或是地方機關吧？用人民的稅金營運的？這麼一想，這些紅茶我更喝得理直氣壯了。既然我也有繳稅，當然有權利使用……對了，我肚子餓了，做點什麼來吃吧。實玖瑠，來幫我。」

一旦打定主意就不容他人意見左右的春日，話一說完就抓起朝比奈學姊的手。

「咦？啊，好好好。」

朝比奈學姊擔憂的眼眸直朝我們望，然後就被抓進廚房了。對朝比奈學姊有點過意不去，但我實在很介意古泉提出的時間錯亂論，能藉機支開春日是再好不過。

「長門。」

我對直盯著見底的陶磁器看的短髮女側臉說。

「這棟洋房究竟是什麼?這裡又是哪裡?」

不動如山的長門一動也不動。大約過了三十秒之後——

「這個空間給我的負荷很大。」

吐出這麼一句話。

不懂。什麼意思?妳不能跟妳的造物主或是金主取得聯絡、請他們幫忙嗎?這可是異常事態。偶爾伸出一下援手不為過吧?

終於轉向我的那張臉,依然毫無任何表情。

「我和資訊統合思念體的連結被阻斷了。原因無法解析。」

由於她講得太過輕描淡寫,以致於我一時無法理解。重新打起精神之後,我再度問她。

「……這是什麼時候的事?」

「以我的主觀時間來說,是六小時又十三分之前。」

既然時間感都喪失了,就算以數字表達,還是很難理解啊——就在我心裡如此OS時——

「就在我們被捲進暴風雪的那一瞬間起。」

漆黑的眼眸一如往常般沉靜。可是我的心湖卻泛起了陣陣漣漪。

「妳那時候為什麼不講?」

我不是在責怪她。長門的沉默癖就像是她的個人憑證。與其說是後天使然,倒不如說是天性如此。

「妳是說，這地方並不是現實中的世界?不光是這座宅邸……還有我們一直繞不出去的雪山，這全都是某人造出的異空間嗎?」

長門又沉默了一陣子，才說：

「我不知道。」

她看似落寞的低下頭去。這讓我想起那天的長門，不禁有點焦躁了起來。可是，連這傢伙也無法理解難以言喻的現象，除了和春日有關之外還有其他的嗎?

我看著天花板，問另一位SOS團團員。

「你認為呢?有沒有要補充的?」

「姑且不論長門同學說了什麼，這種現象本來就超脫了我的理解範圍。」

饒富興味看了長門一眼的副團長殿下，稍稍坐正：

「我所知道的，就是這裡並不是之前的閉鎖空間。此處並非涼宮同學的意識構築而成的空間。」

你確定?

「是的。就與涼宮同學有關的精神活動研究方面，我好歹也稱得上是專家。她如果讓現實世界有了改變，我一定會知道。但這回，涼宮同學什麼也沒做。因為她可不希望遇到這種狀況。

我敢斷言這次跟她完全無關。不然來打賭吧。不管賭什麼，我都願意當場加倍。」

「那到底是誰？」

我感受到了些許的寒意。不知是不是暴風雪的關係，飯廳窗外的風景都是清一色的灰。就算那個藍白色〈神人〉突然探頭偷看裡面，背景上也不會感到特別突兀。

古泉模仿長門，沉默地聳了聳肩。看起來他一點也不緊張，但那也可能是他的演技。因為他不想讓我瞧見他煩惱的表情。

「讓你們久等了！」

就在這時候，春日和朝比奈學姊捧著盛有如小山高的三明治的大盤子過來。

我體內的生理時鐘告訴我，其實我們並沒有等很久。春日拉著朝比奈學姊到廚房去頂多不超過五分鐘。可是我裝作若無其事地詢問春日之後，才知道做這麼多三明治起碼花了三十分鐘，而且看到她們端出的料理，我也明白她所言不虛。三明治用的薄片吐司都個別一片一片烤過，火腿和生菜也都調了味，蛋用水煮好後切片，上面還加了美乃滋，光是準備材料五分鐘就跑不掉。再說這一大盤三明治的量，就算她們兩人再怎麼偷工，也得花上相當多時間，才能堆出面前這座看起來很耗工的三明治小山。雖然知道是題外話，但我還是要說，味道真的很棒。春日的廚藝煮聖誕鍋時就領教過了。這女人到底有哪一科不擅長的？假如小學時代我就遇見她的話，我有把握贏她的只有道德成績吧……

我戳戳自己的頭。

現在不是想這些事情的時候。目前最應該要擔憂的，是我們遇到的現況。

朝比奈學姊似乎很在意自己做的料理被誰吃掉了。每當我伸手拿新的三明治，她都會屏氣凝神盯著看，然後臉部表情一下放鬆一下緊張的。前者是我拿到春日製作的，後者是拿到朝比奈學姊做的。真的是一目了然。

那件事她還不知道。我也沒跟古泉說。更不能讓春日知道。

只有我和長門知道，我還有件尚未實行的事情。

沒錯——

我還沒有回到過去拯救世界。

我本來以為這件事不急，過完新年再去也可以。加上我還在思考要如何跟朝比奈學姊開口，事情就這麼拖下來了。果然悠哉悠哉等年關過完還是不行嗎？要是我們始終都無法離開這座宅邸……

「不對，等等。」

這麼一來就奇怪了。我和長門以及朝比奈學姊鐵定會在十二月中旬回溯到過去。否則當時的我所看到的那三人該如何解釋？換句話說，我們會順利回到正常的時空。如此一想，安心的要素又多了一項。

「來來，大家盡量吃。」

春日一邊抓三明治猛往嘴裡塞，一邊又拿起紅茶猛灌。

「還有很多喔，盡量吃。想吃什麼，我都可以做給你們吃。糧倉裡的儲備食材多到吃不完。」

古泉苦笑了一下，享用起火腿豬排三明治。

「真是美味。太好吃了。簡直就和高級餐廳做的沒兩樣。」

這番誇大的恭維當然是對春日說的，但真正讓我掛心的並不是那女人。也不是對擅用人家家裡的食材過意不去，因而食不下嚥的朝比奈學姊。

「…………」

是長門。

小口小口的文雅吃法，一點也不像這傢伙的作風。

外星人製造的有機人工智慧機器人，原本旺盛的食慾好像不知跑到哪去了，手和嘴的動作起碼少了一半。

最後變成我和春日在較勁，兩人合力掃光了大半的簡餐之後——

「去洗澡吧。」

春日好整以暇的提出，誰也沒有異議。認定沒人提出異議就等於大家都贊成，說來也是這女人的特性。

「雖然浴室相當大，可是沒有分男女，所以還是照順序來吧。這是一定要的。身為團長，我是絕對不容許團內做出傷風敗俗的事情來。女士優先，沒問題吧？」

一時也想不到別的事情好做，這時候有個像春日一樣的人來一步步引導我們大家。反倒是好事一件。如此一來便可以分散注意力。既然怎麼想都想不出個所以然，不如機械化的動動身體，比較能刺激大腦，搞不好還能產生什麼靈感呢。期待自己的腦力吧。

「在那之前，先決定房間吧。你們要住哪一間？雖然每一間都一樣。」

根據古泉的論點，大家如果都能擠在同一個房間睡是最好，不過要是有人斗膽如此提議，保證會飛來一記蛙跳上鉤拳，做人還是要自重比較好。

「大家住近一點比較好。像是隔壁房或是對面房，湊齊五間就夠了。」

當我說出這番嚴肅的話時，春日也離席站起身。

「那麼，我們就睡在二樓吧。」

春日豪邁地大步走出去，我們連忙跟了上去。途中將放在入口大廳的雪衣扔進洗衣房的乾衣機之後就上樓。

春日出於這棟宅邸的住戶一回來，就可以飛奔下樓的顧慮，選擇了最靠近樓梯的五間房間休憩。我和古泉住隔壁，隔著通道的對面房依序是長門、春日、朝比奈學姊的寢室。我的正對面是春日的房間。

寢室給我的感覺，和先前與春日上來巡視時一樣，沒有什麼家具，單純就是用來睡覺的地方。廉價商業旅館的家具還更多些。除了式樣老舊的化妝台，就只有床和窗簾。完全封死的窗戶，仔細一瞧，是裝了兩道玻璃。或許是因此產生的隔音效果吧，雖然戶外仍是風雪交加的惡劣天候，室內卻無聲無息，反倒給人一種陰森森的感覺。

因為沒有什麼要整理的隨身行李，所以我們決定好房間後，立刻就在鋪了紅色地毯的通道上集合。

春日又以挑釁的笑容說道：

「阿虛，你曉得吧。」

曉得什麼？

「這還用問嗎？置身在這種狀況下，煩惱多多的男生一定會做的事情，你打死也不能做。我最討厭那種沒創意的行為模式了！」

那我該做什麼才好？

「所以說……」

春日勾住兩名女團員的手臂，偏頭碰碰表情不動如山的長門側邊的頭髮，斬釘截鐵地大喊：

「別偷看！」

只有春日在吱吱喳喳的女生三人組差不多走遠後，我用滑的走出自己的房間。完全沒受到戶外的暴風雪影響的宅邸通道寂靜無聲，空氣也相當溫暖。但是我的心靈一點也不平靜。我對這種寒徹心扉的溫暖毫無感激之意。

我躡手躡腳走向隔壁的房間，輕輕敲了門。

「什麼事？」

古泉露出臉來，綻開一個歡迎的笑容，正準備開口說話時，我將食指豎在嘴唇前，他意會地閉上嘴。我也一語不發，溜進古泉的房間。其實我最想偷溜進去的是朝比奈學姊的房間，但現在沒有時間讓我去想那些五四三。

「有件事，我得先跟你說。」

「喔？」

古泉坐在床上，打手勢催促我也坐下。

「是什麼事？好好奇喔。是不能讓其他三人聽到的事情吧。」

「讓長門聽到是無所謂啦。」

什麼事？你們說還會是什麼事？

當然是自從春日消失後，到我在病房醒來為止的種種事情。朝倉涼子的復活、第二次回到過去與三年前的七夕，設定變了樣的ＳＯＳ團團員們、朝比奈大人版，還有我接下來不得不執行的世界復活計畫——

「這個說來話長。」

我挨著古泉坐在床上，開始說故事。

古泉真是個絕佳的傾聽者，不僅會在我停頓時給予適當的回應，而且直到最後都還保有優等生的聽講態度。

因為我是抓重點講，說明起來並沒有想像中那麼久。我也想鉅細靡遺的描述某些部分，但是我考量簡明易懂和一般性應該放第一，所以就講濃縮精華版。

乖乖地聽到最後的古泉說：

「原來如此啊。」

但他看來似乎並沒有特別感動。只見他以手指輕拂微笑的嘴角，
「假如你說的都屬實，那我只能說很值得玩味。」
你所謂的「值得玩味」，是在跟我客套嗎？
「不不，我是真的這麼想。因為我也想到了一些事。假如你真的有過那些體驗，那我的懷疑就更能得到支持了。」
我臉上的表情大概寫著：大事不妙吧。這小子想到的東西究竟是什麼？
「我在猜，那個東西可能變弱了。」
到底是什麼東西啦？
「涼宮同學的力量。還有長門同學的資訊操作能力。」
你在說什麼東東啊？我看著古泉。古泉精準地露出人畜無害的笑容。
「涼宮同學創造閉鎖空間的頻率減少了，這在聖誕節前，我就跟你提過了。彷彿是要和那相呼應似的，我感覺到長門同學身上的……那種東西該怎麼形容才好？可以說是外星人的氣氛嗎？就是那一類的感覺或是跡象，在她身上減少了很多。」
「……什麼？」
「涼宮同學逐漸變得像個普通女生。長門同學也是，越來越不像是資訊統合思念體的終端機——她們倆真的給我這種感覺。」

古泉看著我。

「在我看來，沒有比這更讓人求之不得的展開了。若是涼宮同學就這樣肯定現實中的自己，就不會再去想改變世界等有的沒有的事，如此一來我的任務就等於是結束了。長門同學如果成為毫無特殊力量的普通高中女生的話，也是惠我良多。至於朝比奈學姊……是啊，不管接下來怎麼發展，對未來人並沒差。」

彷彿無視於我的存在，古泉繼續自己的獨白。

「你必須回到過去一趟，讓自己和世界恢復原狀。這是因為，過去的你曾經目擊到來自未來的自己、長門同學和朝比奈學姊——對吧？」

沒錯。

「可是現在我們全體迷失在暴風雪籠罩的山中，置身於好像有人特地為我們準備的怪奇宅邸。而且還被封鎖在連長門同學也無法理解的異空間裡。這個狀態持續下去的話，你們就無法回到過去，正因此，起碼你和長門同學、朝比奈學姊三人一定要回到原本的空間去。不，應該說是你們回去已經成為既定事實……」

不是這樣就奇怪了。我一點也不緊張，就是拜這所賜。當時我確確實實聽到了自己的聲音。可是，現在的我還沒回到那時候，所以回到過去是今後的事情。這就表示，我們不會一直困在這暴風雪肆虐的怪屋中出不去，平安脫險是既定事項。套句朝比奈（大）說的：『不然，你現在就不會在這裡了。』
「原來如此。」
古泉又再度重覆了同一句台詞，對我微笑。
「可是，我還有別的假設。只不過都是悲觀的假設。簡單的說，就是我們全體無法回到原本的空間也無關緊要的論點。」
別繞圈子了，快說。
引言說完後，古泉謹慎地壓低聲音，
「我猜測，現在的我們可能並不是『原來的我們』，而是存在於異世界的複製版。」
古泉一直盯著我看，好像在等我消化完這段話似的。可是坦白說，我有點消化不良。
「我換個說法，讓你更容易理解吧。例如把我們的意識原封不動的掃描、置換到電腦空間去的話，你認為會如何呢？假設只有意識原封不動的被移送到假想的現實空間去的話。」
「這就是你說的複製？」
「是的。不限意識，任何東西都能複製。只要具有統合思念體等級的力量就辦得到。也就是說，被捲入這個異空間的我們並不是我們的原始版，而是在某個固定時刻忠實被複製的同一人物。至於原始版的我們……是的，或許就正在鶴屋學姊家的別墅開歡樂派對也說不定。」
慢著慢著。我連理解的理字邊都沾不到，是我肚裡的墨水太少嗎？

「應該不是吧。我再舉個更切身的例子好了。就假設你正在玩電腦遊戲吧，那是一款奇幻類的RPG遊戲。在進入不知會有什麼鬼東西冒出來的洞窟之前，基本上先記錄進度是理所當然的對策。萬一團隊全體慘遭敵人殲滅，就能夠從原本的記錄點重新開始。只要事先複製資料，便可以好好保管原版本，讓複製版的團隊成員去冒風險。如果出了什麼差錯，按Reset鍵重來就好。用這個來比喻我們如今陷入的狀況，你認為說得通嗎？」

即使古泉已露出：你再聽不懂我就沒轍了的表情，他臉上的笑容還是沒有消失。

「也就是說，這裡是某人所建構的虛擬空間，而我們是被複製出來的實驗動物。目的是要觀察，包括涼宮同學在內的我們，置身於這樣的情況下會做出什麼樣的反應。說穿了，這裡就是方便觀察的牢籠。」

「古泉……」

話才出口，就有一股很猛烈的似曾相識感朝我襲來。如同在夏日那個漫無止境的八月所體驗過的，莫名其妙的記憶片斷。那是什麼？理應毫無印象的記憶在我的腦海一隅拚命吶喊。快想出來！快！

我失神的說：

「以前有遇過類似的事嗎？」

「你說雪山遇難？不，我本人並沒有。」

「不是啦。」

跟雪山無關。我是說除了這次的事件以外，總覺得腦中似乎還留有我們一夥人被丟進其他時空的記憶……而且是在一個非常非現實的地方……

「你是指收服巨大蟋蟀那件事嗎？那次是在異空間發生的沒錯。」

「也不是那個。」

我絞盡腦汁拚命地想，總算絞出了隱約可見的浮水印。內有打扮奇特的古泉、春日、長門以及朝比奈學姊，還有我。

對對對，古泉。不知為何，我就是覺得你手裡抱著豎琴，大家也都穿著古代的衣裳，在那裡幹活……

「你該不會是要說你保有前世的記憶吧？我以為你是最不信那一套的。」

假如這世上真的有前世來世這種東西，人與人之間一定能更加了解與包容彼此吧。那種東西根本是想找藉口為現世開脫的那群人所編出的夢話。

「一點都沒錯。」

喵的。想不起來。我的理性主張我對異空間並沒有半點回憶，可是內心深處的感性卻泣訴完全不是那麼一回事。

那到底是什麼？雖然只有想起片斷的關鍵語，卻有國王、海盜、太空船發生槍戰一樣的泡影在腦海中漂流。這到底是怎麼回事？我的記憶告訴我，根本沒有那種東西。那在我內心盤根錯節卻拼湊不起來的片斷又是什麼？我始終拼不出它的全貌。

不知古泉是怎麼看待我這苦惱的表情，他繼續以平靜的語調說：

「如果長門同學無法解析這裡發生的一切，加上這個空間又會對她形成負荷的話，基本上不難推斷，一手導演包括這棟宅邸在內的一連串雪山遇難戲碼的幕後黑手是誰。」

我沉默不語。

「那是和長門同學同等級，甚至是能力在她之上的某人。」

那是誰？

「我也不知道。可是，假設對方的目的就是要逼我們陷入目前的困境，讓我們滯留在此處的話，長門同學將會是最大的阻礙。」

古泉撫著下唇。

「換作我是那個某人，我會先對長門同學下手。因為她跟落單就無能為力的我和朝比奈學姊不同，是與統合思念體直接連繫的外星機器人。」

聽起來那個某人似乎比春日還神。其實那是某人還是某群人，我也不曉得。但長門的確說過，她和她頭頭的連繫被阻斷了。

「說不定那個幕後黑手的力量遠比長門同學的造物主來得強大。若真是這樣，我們就已等於出局了……」

說到一半，奶油小生好像想到什麼似的，雙手抱胸了起來。

「你記得朝倉涼子吧？」

我一度快忘記了，但這個月又發生了讓我好一陣子都忘不了的事。

「資訊統合思念體內部的少數派也就是激進份子。試想，要是那一派武裝政變成功，後果會如何？從我們的眼光來看，他們可是等同於神的知性體。孤立長門同學，將我們囚禁在相位位移的世界裡，想必對他們來說是易如反掌。」

我想起來了。那位善交際、個性開朗又優秀的班長。還有那把尖銳的刀子。我受到她兩次攻擊，也被長門救了兩次。

「不論如何，結果都不會有什麼改變。如果我們無法離開這棟宅邸，就得永遠待在這裡了。」

你當這裡是龍宮城啊？

「這叫一針見血。我們目前的狀況，說是受到盛情款待也不為過。想要的東西一應俱全。溫暖寬敞的大洋房、冰箱滿滿的食材、放滿熱水的大浴池、舒適的寢室……除了可以協助我們逃脫這棟宅邸的必需品之外，可說是應有盡有。」

那樣根本沒意義。我對自己的人生還沒有絕望到要留在這種未知空間，享受如此好吃懶做的生活。高中生活不到一年就宣告結束，未免太短暫了。除了這裡的同伴之外，還有很多我想再見一面的人。谷口和國木田也算包括在內，而且要是從此就看不到家人和三味線的話實在太悲情。更何況我又不愛冬天，這麼說對冰島人很抱歉，但要我在冰天雪地中度過餘生，恐怕就是花上一輩子也不可能習慣。請稱呼我為熱愛夏日的炎熱與夏蟬之聒噪的男人。

「聽你那麼說，我就放心多了。」

古泉誇張的嘆了一口氣。

「萬一涼宮同學發覺到事態異常，釋放了自己的能力，結果會怎樣根本沒人曉得。說不定這才是那群幕後黑手真正的目的。既然沒有進展，就故意來點刺激，引爆她的能力。這是很常見的手法。假如這裡真是模擬空間，而我們都是與原始版隔離的複製品，下手的人想必也不會太客氣。很少有人玩電動時，將電玩人物操得死去活來會感到愧疚的，想必你也是吧？」

經他這麼一提，我的確是不會。然而電玩人物說穿了也只不過是個數值，我可想當現實中活生生的人物。

「當務之急，就是逃離這裡。與其待在異空間，倒不如回到現實中遇難來得好。總會有辦法的。不，該說是一定得設法才行。想將涼宮同學和我們封鎖的存在，擺明了就是『我們』的敵人。我們指的不是『機關』和資訊統合思念體喔，而是SOS團。」

是什麼都好啦。只要是和我同仇敵愾的人，我就會當他是哥兒們。

之後，我就啟程展開深入思考之旅，古泉也將手頂著下巴，與我同步沉思起來。

不久——

小小的敲門聲打破了我與古泉之間的沉默。抬起沉重的有如被膠水黏住的腰部，我去開了門。

「那個……浴室現在空下來了。兩位可以使用了。」

剛洗好澡的朝比奈學姊臉上浮現恰到好處的紅暈，散發出甜美又天真的萌氣息。一小撮濕潤的秀髮貼在臉頰上格外煽情，從下擺略長的T恤外露的大腿性感無比。我的精神狀態要是正常，當下就想將她抱回自己的房間，放在一角賞心悅目了。

「春日和長門呢？」

我朝走廊望了望，朝比奈學姊嫣然一笑。

「她們在飯廳喝果汁。」

似乎是感受到我饑渴的眼神，她有點慌亂的拉了拉前襟和下擺。

「啊，換洗衣物放在更衣間。這件T恤就是在那裡拿的。毛巾和盥洗用具也都有……」

學姊連含羞帶怯的動作也美得難以言傳。

我回頭用目光嚇阻古泉的行動，快速走到通道。反手將門關上。

「朝比奈學姊，我想問妳一件事。」

「請說？」

圓滾滾的大眼睛仰望著我，疑惑地歪著頭。

「關於這棟洋房，妳有什麼看法？我覺得怪怪的，妳認為呢？」

朝比奈學姊眨了眨長而濃密的睫毛後，如此回答：

「呃，涼宮同學認為這也是古泉同學安排的推理遊戲的那個……那個叫什麼來著？對了，好像就叫做伏筆吧。在浴室她是這麼說的。」

春日如果能那麼想是最好；不過要是連朝比奈學姊也這麼認為的話就傷腦筋了。

「那時間的流動異常又是怎麼回事？妳也親眼見證過古泉的實驗不是嗎？」

「是啊。可是，那也是詭計的一部分……吧？難道不是嗎？」

我按著額頭，極力將嘆息給嚥回去。我實在是不知道古泉有沒有如此神通廣大，但假如連時間的異常都是欺騙我們的詭計之一，不跟春日說一聲真的不太公平。更何況，時間不正是朝比奈學姊的專門領域嗎？

我豁出去了。

「朝比奈學姊，妳和未來聯絡得上嗎？現在，就在這裡。」

「嗄？」

娃娃臉學姊茫然的望著我，

「那種事我怎麼可能跟你說呢。噗呼。那是禁止項目喲！」

她覺得很可笑似的，笑出聲來。但我並不是在開玩笑，也不認為這有什麼好笑。

可是朝比奈學姊仍然笑個不停，

「好了，快去洗澡吧。不然涼宮同學又要生氣了。呵呵。」

踩著猶如在油菜花四周翩翩飛舞的初春的紋白蝶般輕盈的步伐，嬌小的學姊飄飄然地往樓梯走去，一度回頭朝我拋了個生澀的媚眼，消失在樓下。

不行。朝比奈學姊根本靠不住。唯一靠得住的只有……

「可惡！」

我朝地毯嘆了一口氣。

我真的很不想給那傢伙多餘的負擔。偏偏此時此地，唯一可能有辦法扭轉乾坤的就只有她了。古泉再會臆測也只是紙上談兵，春日會以什麼樣的白爛手法引發天下大亂，也沒人知道。就算我握有殺手鐧，在古泉一番危言聳聽之後，我也不敢輕舉妄動。搞不好將我們逼到這種困境的那個某人，早就料準了這一點。

「該怎麼辦才好呢……？」

我本來還奢望泡過澡，讓血液循環改善後，會想出什麼好主意，但是我自己的頭腦自個兒最清楚。就算絞盡腦汁，還是榨不出半個足以改善事態的點子來。因為這是必然的結果，我絲毫不覺得氣餒，想想實在有點悲哀。

就如朝比奈學姊所說，更衣間裡有準備好的浴巾和換洗衣物。折得整整齊齊的均碼T恤和鬆緊褲井然有序地疊在架上。我隨便挑了一套穿上，和古泉一同朝飯廳走去。

先洗好澡的三人早在餐桌上放了成排的果汁瓶等我們。

「真慢！你們幹什麼洗那麼久？」

在我而言，那不過是比烏鴉還多一點點的入浴時間而已。

我喝著春日遞過來的橘子水，視線不知為何不是看著長門，而是窗外。或許是身體暖和了，好心情指數節節上昇的春日，始終笑嘻嘻的猛灌瓶裝果汁，對目前狀況完全不了的朝比奈學姊從頭到尾都掛著不知情的微笑，對目前立場再了不過的古泉也是如此。長門看起來比往常更嬌小，是因為一頭溼髮筆直垂下來的關係嗎？

不過現在到底是幾點？窗外的景色仍是一成不變的大風雪，但是有點晦暗。不是全暗下來，反倒讓人有點毛毛的。

春日似乎也失去了時間感。

「我們去娛樂室玩吧。」

居然還有心情玩樂。

「唱卡拉OK也可以啦，不過好久沒打麻將了。賭注是點數的3倍，什麼牌都可以聽。不過我想要做大牌，所以不要用籌碼也沒有加分牌，只比最後的點數輸贏。國士無雙聽十三張和四暗刻單吊是雙倍役滿，沒問題吧？」（註：日本麻將的玩法及專有名詞與台灣及香港麻將有不少不同之處。）

雖然無意抱怨遊戲規則，但我還是緩緩搖了搖頭。現在非做不可的，不是唱卡拉OK，也不是打賭錢麻將，而是思考。

「我看還是休息一下吧。要玩的話，以後時間多的是。我真的有點累了。」

之前我們每個人半埋在雪中，揹著滑雪板走上好幾個小時，這樣還不會累積疲勞的大概也只有春日的肌肉了。

春日彷彿要確定其他人贊成哪一方的意見，一一審視過每個人的表情之後：

「說得也是……」

「算了，好吧。稍微休息一下也好。可是睡醒之後就要火力全開拚命玩喔。」

眼底閃耀著兩三個渦狀星雲般的光輝，向我們宣佈。

大家回到各自的窩後，我就躺在床上進行突破現況的腦內人格會議。偏偏就這種時候每個人格暴露出的只有我的無能，連一個有建樹的提案都生不出來。大家都靜默下來，期待某人先發言。時間分秒過去，我的意識似乎也越來越模糊。為什麼這麼說呢？

「阿虛。」

因為這突如其來的一聲呼喚，竟然讓我不由得驚跳了起來。

連門開關的聲音，有人進到房裡的腳步聲和衣服摩擦聲，我都沒有聽到。總之就是那樣我才會嚇到，看到佇立在房間中央的人影更是驚愕不已。

「朝比奈學姊？」

房內的光源來自於窗簾拉開的窗戶外的雪光。可是即使光線微弱，我也不會看錯。來人正是常駐社團教室的可愛精靈，ＳＯＳ團專屬吉祥物朝比奈學姊。

「阿虛……」

再度喚我小名的朝比奈學姊面露微笑，蓮步輕移，走到慌忙坐正的我旁邊，裸露的玉腿併攏，坐了下來。

我總覺得有種說不出的怪異，仔細一瞧，學姊身上穿的和先前在走廊互道晚安的那件不同。不是單件的長Ｔ恤。但是布料也沒有增加多少。

此時此刻的朝比奈學姊身上僅著一件宛如將某人的妄想具象化的白色襯衫，仰望著我。而且距離近到不能再近。

「阿虛……」

清麗的童顏若有所求。

「我可以在這裡睡嗎？」

她的發言幾乎讓我的兩片肺從嘴巴跳出來。（怪了怪了。）

水汪汪的大眼睛直視著我的臉，雙頰嫣紅的朝比奈學姊溫柔的靠在我的手臂上。「這……這這這是怎麼回事？」

「我一個人睡會怕。翻來覆去睡不著……假如在阿虛身邊，我一定會睡得很好……」

熱熱的體溫透過襯衫傳了過來。那是會讓人有錯覺，以為要燙著了的熱度。柔軟的東西壓了過來。朝比奈學姊抱住我的胳臂，臉也貼近了我。

「可以吧？阿虛？」

這不是可不可以的問題。這世上不管是男人或女人，都沒有人忍心拒絕這樣懇求的朝比奈學姊。所以，答案當然是可以。是啊。這張床一個人睡是太大了點……「慢著。」

呵呵。她嫣然一笑，放開了我的手臂，並動手解開原本就敞得很開的襯衫鈕釦。讓人頭暈目眩的柔軟曲線一點一點地顯露出來。被春日強迫當兔女郎那時，還有我不小心打開社團教室的門，撞見學姊在換衣服時看到的，和沉睡在電腦硬碟裡的隱密文件夾中的某張照片一樣的飽

滿胸脯，就在我眼前。（你醒一醒，不是啦。）

白色襯衫的鈕釦只剩下二顆……不，一顆。這真是比全裸還煽情的一幕，因為模特兒的資質好。而且，不管怎麼說擺出這撩人姿態的可是朝比奈學姊。（喂。）

朝比奈學姊將黑眼珠往上翻勾魂的瞄著我看，丟給我一個羞答答的挑逗微笑。手指解開了最後一顆鈕釦。我是不是該移開視線？（給我注意看！）

前方完全解放了的襯衫裡面，雪白的肌膚隨著呼吸緩緩上下起伏。在這副實在藝術到家就連愛神也會瑟縮在貝殼裡的完美身材（不是叫你看那邊）上，位於光滑渾圓的胸前半邊山丘處（就是那個！），有顆特別顯眼的小星星……

喉嚨深處吐出了一口氣。

「咕……！」

我像是裝了彈簧一樣自床上彈跳開來。

「不對！」

看清楚一點！為什麼我之前沒有發現？眼前這個人是不是「我的朝比奈學姊」，我應該比誰都清楚，上次我不是才如此驗明正身過嗎？只要看了朝比奈學姊的「那個地方」，就知道是不是。

「妳是誰？」

——這個朝比奈學姊的左胸並沒有痣。

坐在床上的半裸美女，哀傷的看著我說道：

「為什麼？你不要我了嗎？」

假如這是真正的朝比奈學姊的話？（就跟你說不是啦！）我應該還是把持得住吧。不、不對。問題不在於這個。朝比奈學姊是不可能偷偷摸摸跑來誘惑我的。她無須勾引我，我就自動上勾了。

「妳不是朝比奈學姊。」

我一步步往後退，凝視那對蓄淚待發的魅惑大眼。看樣子我的理性快出軌了。身為男子漢怎能惹美女傷心呢，這和她是不是朝比奈學姊應該沒啥關係吧？（妳嘛行行好。）

「請別這樣。」

我好不容易才說出口。

「妳是誰？是這棟怪屋的建造者嗎？是外星人還是異世界人？妳為什麼要這麼做？」

「……阿虛。」

眼前的朝比奈學姊聲音聽起來好悲傷。粉臉垂得低低的，櫻唇還難過得扭曲起來。然後——

「！」

她旋過身讓襯衫下襬翻飛了起來，像一陣風似的跑向門口。在離開房間的前一刻，她回頭用含淚的雙眼看了我一眼，接著就跑到走廊。關門聲響意外的巨大，那一聲也喚醒了我的記憶，我確確實實上了內鎖。沒有鑰匙的話，應該是無法從門外入侵的。

「請等一下！」

那一瞬間我突然說出敬語，衝向門口打開門。

磅！發出好大的聲響。就算我的動作再怎麼用力，開門聲也不會大到連腹部都在抖動吧。

就在我這麼想的時候——

「咦？你……」

竟然和春日撞個正著。在我房門口的正對面，從自己房門探頭出來的春日，嘴巴張得開開的看著我。

「阿虛，你剛才還在我的房裡……沒有是嗎？」

朝通道探頭出來的不只有我和春日。

「請問…」

春日的右鄰——穿著「T恤」的朝比奈學姊也是一臉疑惑，半開著門。至於左鄰——

「…………」

長門纖瘦的身影也在場。我順便往旁邊一看：

「這到底是……」

古泉摸摸鼻尖，朝我投以奇怪的眼神，笑容也是特尷尬。

當下我就明白了，為何開門的迴音會那麼巨大。因為我們五人全在同一時間打開門。那記開門聲是五重奏的大合鳴。

「大家怎麼都出來了？發生什麼事了嗎？」

春日最先回神，像是在瞪著我看似的說道。

「為什麼大家都同時從房裡出來？」

我是出來追偽‧朝比奈學姊的——正想這麼說時，我發現了一件事。春日最先那句話有語病。

「妳呢？該不會是出來上廁所的吧。」

令人驚訝的是，春日居然低下了頭，而且還咬著下唇，許久之後才開口。

「我做了個奇怪的夢。我夢見你偷偷溜進我房間，而且說的話一點都不像你……呃，還做了不像你會做的事。我覺得很奇怪……後來，我狠狠打了你一拳就跑了……奇怪，那是夢……沒錯吧？可是，又不太像是夢。」

假如那是夢的話，現在就是夢的延續。當我看著眉頭深鎖，狀似煩惱的春日時，古泉朝我走來。

「我也一樣。」

他直盯著我的臉看。

「你也出現在我的房裡。外表是你本人沒錯，不過行為舉止卻叫人毛骨悚然……總之，那不像是你會做的事，而你卻做了。」

我莫名害怕了起來。視線從古泉不懷好意的笑臉移開，我轉而審視起朝比奈學姊。這位是本尊。一看就曉得了。剛才我怎會把別人誤認是她呢？不管是感覺或是言行舉止，都比不上這位朝比奈學姊道地啊。

不知是不是我的視線讓她受窘了，朝比奈學姊臉紅了起來。我也到了她的香閨嗎？我正如此認為時——

「我的房間來了涼宮同學。」

學姊兩手手指忸怩不安地交纏著。

「而那位奇怪的涼宮同學……我也不知道該怎麼形容，就很像是冒牌貨……」

對，那是冒牌貨沒錯。這是不會錯的，有問題的是這個事態。大家的房間裡分別出現了我們的冒牌貨？我的房間來了朝比奈學姊，我去了春日和古泉的房間，朝比奈學姊的房間則出現春日……

「長門。」我繼續問下去。「妳的房間是誰來了？」

和朝比奈學姊同樣只穿著一件T恤的長門，木然的臉龐靜靜抬起來直視我：

「你。」

小聲說出那個字之後，她就默默閉上了眼睛。

然後——

「……有希!?」

在春日疑惑的叫聲編織而成的背景音樂烘托下，我看到了難以置信的光景。

長門，那個長門有希倒了，像是被看不見的魔掌壓下去似的，倒地不起。

「有希！妳怎麼了？有希……」

大家都驚愕得說不出話來，呆立於當場動也不動，只有春日立刻跑過去抱起那瘦小的身軀。

「哇……好燙！有希，妳要不要緊？有希？有希！」

頭嘎咚一聲垂了下來的長門眼瞼闔上，睡臉毫無表情。可是我的本能告訴我，長門睡得並不安穩。

春日抱著長門的肩膀，目光凌厲地大聲喝令：

「古泉，快把有希抬到床上。阿虛，你去找冰枕。這地方應該會有。實玖瑠，妳去準備濕毛巾。」

看到我和朝比奈學姊、古泉三人還是愣著不動，春日又再度大吼：

「快啊！」

看到古泉抱起全身疲軟的長門之後，我隨即快步下樓。冰枕冰枕冰枕，冰枕會放在哪裡呢……

我會一時反應不過來，也是因為還沒從長門昏過去的衝擊恢復過來。那是多不可能的光景。所以偽朝比奈去我的房間，還有我們當中某人的冒牌貨去到誰的房間幹嘛幹嘛的這樁神秘事件，我已經厭煩到不想去理會。隨它去。那種東西和我無關。

「混帳！」

這下真的糟了。喵的。我本來還想讓長門過過幾天像平凡人的太平生活，誰曉得竟然適得其反。

一路走來都不見冰枕的蹤跡，於是我下意識的來到了廚房。我家的冰敷墊不是放在急救箱，而是放在冰箱裡。這棟怪屋會是放在哪呢？

「等等喔。」

在握住大冰箱的門把前，我突然停了手。在腦海裡勾勒冰枕的模樣，以強烈的意志在心中禱唸。

然後，打開了冰箱。

「……果然。」

藍色的冰枕，就放在高麗菜上。

真的是一應俱全。實在太方便了。雖然不知道是誰這樣細心，不過這只會造成反效果。託他的福更堅定了我的決心。

這種地方，絕對不能再待下去。

我抱著冰得硬梆梆的冰枕走出飯廳，就看到古泉一人站在入口大廳，對著玄關大門投以關注的視線，他是想幹嘛？是春日閣下命令他出去挖雪給長門降溫嗎？

我走過去想給他幾句忠言，古泉發現了我，率先開口：

「你來得正好。看一下這個。」

然後指著大門。

我嚥下苦水，朝他指的方向看去。我看到了奇妙的東西，驚訝得一時為之語塞。

「這……這是什麼？」

我擠得出來的，就這些話。

「之前沒發現有這個啊。」

「是的，之前是沒有。最後進入屋裡的人是我。把門關上時，我並沒有看到這種東西。」

宅邸的玄關大門內側，貼有非常難以形容的東西。硬要找個相近的東西來比喻的話，大概就是操控面板或是介面板吧。

木門上鑲著一塊閃耀著金屬光澤，五十公分見方的板子——還是說介面板比較恰當？——上面排了一堆我看了就頭痛的符號和數字。

我耐心地注意看。最上面一排是——

$$x-y=(D-1)-z$$

下面一排也列了記號：

x＝□、　y＝□、　z＝□

□的部分是凹進去的。只差沒人叫你放個東西進去。我對那三個凹痕投以困惑的目光時——

「配件在那裡。」

古泉指著的地板上，放有排在木框裡的數字方塊組。仔細一看，裡面收納了0到9三排數字。我彎下腰拿一個起來看看。形狀很像麻將牌，重量也是差不多。和麻將牌不同的是它表面雕刻的花紋，就只刻有一位數的阿拉伯數字。

合計十種的數字分成三組，收納在扁平的木箱裡。

「這大概是要我們將這個方程式的答案的數字，」古泉也拾起一個方塊仔細審視，「給放入空下來的方框裡吧。」

我再度注視那個算式。中途頭痛了起來。數學本來就是我諸多頭痛的科目之一。

「古泉，你解得出來嗎？」

「這個算式我好像在哪見過，光給這些提示還不夠。如果只是單純要讓兩邊的數值相等，那可有數也數不清的排列組合。如果要將答案縮減到只有一組，沒有更多條件限制的話是解不出來的。」

我注視著四個英文字母中，最與眾不同的那個。

「這個D是什麼？好像不用解答也可以耶。」

「也只有它是大寫。」

古泉把玩著標示數字0的石牌，壓著喉嚨說道：

「這個算式……我真的好像見過，沒想到會出現在這裡……到底是什麼？總覺得好像前不久才看到過……」

他眉頭深鎖，定格似的動也不動。真難得，古泉居然也會有如此認真思索的神情。

「所以咧？你認為這有什麼特殊意義嗎？」

我將手中的牌放回木框裡。

「我曉得大門內側突然冒出一題數學題了，不過那又如何？」

「嗯。」

古泉回過神來。

「我認為這是鑰匙。因為大門被鎖住了。想從內側打開是不可能的。再怎麼扭轉門把都是白費力氣。」

「你說什麼？」

「你去試試就知道了。你看，大門的內側既沒有鑰匙孔，也沒有卡榫的凹口。」我試做了，打不開。

「是誰鎖起來的？就算是自動鎖，照理說從內側也應該打得開呀。」

「所以這又間接證明了，這個空間不適用於一般的常識。」

古泉又恢復了往常無意義的笑容。

「幕後黑手是誰不清楚，但可以確定對方意圖將我們關在這裡。窗戶全都封死了，入口的大門又被牢牢鎖住……」

「那麼，這介面板上的算式又是什麼？用來消磨時間的謎題嗎？」

「假如我的猜測沒錯，這個算式正是打開大門的鑰匙。」

古泉用悠哉的語調接著說道。

「而且我認為，這是長門同學為我們留下的，唯一逃脫的方法。」

我喚醒了最近的記憶，猶自沉浸在懷舊感裡，然而古泉卻完全不加理睬，繼續鼓動如簧之舌。

「這應該可以說是資訊戰。算是在某種條件下的鬥爭。某人將我們封閉在異空間，長門同學為了對抗那股惡勢力，預留了退路。應該就是這個算式。只要順利解出這個算式，我們就能回到原來的世界。否則我們就只好繼續留在這裡。」

古泉敲了敲大門。

「具體來說是什麼樣的戰爭，我也不清楚。但如果是精神生命體之間的資訊大戰，將是我們無法想像的境界。只是現實中它是以這樣的形式出現罷了。這塊介面板就是它的結果吧。」

和這棟神秘怪屋完全不相稱的運算問題。

「這並不是偶然。當我們都做了怪夢之後，長門同學就倒下，大門上出現了這塊介面板……這一連串的事件並不是偶發事件，一定具有某種關聯性。」

就算內心感到焦燥，也隱藏得很好的古泉繼續說道。

「那一定就是逃出異空間的鑰匙，而且，是長門同學打造的逃生鑰。」

我不由得找起介面板的某處是不是寫有『Copyright © by Yuki Nagato』的字樣。雖然很遺憾並沒有發現。（註：Yuki Nagato是有希長門的日文羅馬拼音。）

「基本上，這只是我的推測。長門同學在這個空間所能使用的力量並不大。畢竟她與統合思念體的連繫被阻斷，僅能運用她個人固有的能力。因此，才只能創造出如此拐彎抹角的出路。」

你嘴上說是推測，口氣卻是相當斬釘截鐵嘛。

「嗯，是啊。『機關』也試圖和長門以外的聯繫裝置接觸。所以我手上也會握有某種程度的情報。」

雖然我很想多聽一點其它外星人的故事，但現在不是時候。當務之急就是解開這個奇妙介面板上的算式。我來回看著介面板上的記號和放入木框的數字石，想起了長門沉穩的聲音。

『這個空間給我的負荷很大。』

我不知道設局引誘我們來到這棟雪中怪屋的是何許人也，但是我絕對不會原諒害長門發高燒病倒的傢伙。也不會讓那種噁爛星人稱心如意！無論如何，我們都會離開這裡，回到鶴屋學姊家的別墅！而且會一個都不缺席，ＳＯＳ團全體一齊離開。

長門已經克盡她的職責。雖然途中我沒看到也沒聽到，但是自從闖入這個異空間之後，她肯定一直在和看不到的「敵人」作戰。她的表情顯得比平常更加木然，想必就是那個原因造成的。雖然她戰到鞠躬盡瘁，還是為我們開了個小小的風口。那麼，接下來就輪到我們自己來打開這扇門了。

「我們要離開這裡。」

對於我的表態，古泉致以爽朗的笑容。

「我也是如此打算。不管再怎麼舒適，此處都不宜久留。理想國和反烏托邦往往是一體兩面。」

「古泉。」

我聲音中的肅穆，連我自個兒都嚇了一跳。

「你不能用超能力在門上鑽個洞嗎？再這樣下去真的會很慘。長門已經病倒了，目前唯一有辦法的就只有你了。」

「你實在太高估我了。」

即使處在這種情況下，古泉還是微笑以對。

「我可沒說過，我是萬能的超能力者喔。我的能力僅限定在某些條件下才能發揮。這點你應該也知──」

我沒聽古泉把狗屁放完，就抓住他的前襟，將他拉到我面前。

「我不要聽那種話！」

我惡狠狠地瞪著嘲諷的扭曲嘴角的古泉：

「異空間是你的專門領域吧。朝比奈學姊靠不住，春日又是顆不定時炸彈。上次遇到巨大蟋蟀時，你不也發揮了長才？難不成你們的『機關』專養飯桶？」

其實，我也是米蟲一隻。什麼事都不會做。連最基本的冷靜思考也不會，甚至可以說比古泉還不如。我唯一想得到的就只有當場痛毆古泉一頓，然後再讓他海K我。因為我會手下留情，所以根本無法打自己洩恨。

「你們在幹嘛？」

背後射來銳利的聲音，而且語氣聽來相當不爽。

「阿虛，叫你找個冰枕找到哪去了？實在等不下去了，跑來看個究竟，結果竟然看到你和古泉在練對打。你的腦袋到底都裝了些什麼東西啊？」

春日雙手扠腰，叉腿站立。那副神情活像我家附近當場逮到偷柿子累犯的老爺爺似的。

「都什麼時候了還在玩！也不為有希著想一下！」

春日會把我和古泉的對峙看成是在玩耍，泰半是因為她心繫別處吧。我放開了古泉，撿起不知何時掉在地上的冰枕。

春日一把搶過冰枕。

「這是什麼？」

視線朝門上奇怪的算式看去。古泉整整凌亂的衣襟答道：

「不知道。我們兩人剛才就是在思考這個。涼宮同學有沒有什麼高見？」

「那不是尤拉公式嗎？」

春日想都沒想就道出了感想，真叫人洩氣。古泉則回應道：

「妳是說Leonhard. Euler？那個數學家？」（註：尤拉（Leonhard. Euler，1707-1783），瑞士數學家。變分法的創始者，在解析學上貢獻卓著。在力學和天文學上也有諸多貢獻。並創造了許多定理、公式與符號。）

「是數學家沒錯，但我不知道他的姓。」

古泉再度審視門上的神秘介面板，看了好幾秒：

「對喔。」

他像在表演給誰看似的，彈了彈手指頭。

「這是尤拉的多面體定理。這個應該是它的變形。涼宮同學，妳真是有一套。」（註：在一封閉的多面體內，其頂點數v，邊數e和面數f之間有一個關係式：$v+f-e=2$，又稱為三維尤拉公式。）

「也可能不是。不過這個D的部分，應該是次元數。我猜啦。」

管它是誤解還是正解，同樣都無法消除我腦中的疑問。尤拉是誰，有什麼豐功偉業嗎？多面體定理是啥？數學課有教到那種東西嗎？我正想發問時，猛然想到自己上數學課時多半都在夢周公，於是不敢貿然發問。

「不不，高中數學並沒有提到。不過哥尼斯堡七橋問題，相信你應該不陌生。」

啊，那個我就知道。教數學的吉崎上課時偶爾會旁徵博引一些難題，你說的那道問題，就是在兩個砂洲和河川對岸搭建了幾座橋的那個一筆畫問題吧？記得好像是無解嘛？

「沒錯。」古泉點了點頭，「那道難題雖是平面上的問題，但尤拉證明了立體也能套用到平面看待。他發明了多則名留青史的定理，多面體定理便是其中之一。」

古泉繼續解說下去：

「那個定理適用於所有的凸型多面體，其頂點數加上面數去掉邊數，一定是等於2。」

「……」

看到我一副恨不得將所有數學要素丟出窗外的神情，古泉苦笑著，一隻手繞到背後。

「那麼，我畫個簡單的圖讓你了解吧。」

拿出了黑色油性筆。從哪裡拿出來的？事先藏起來的嗎？還是用我拿到冰枕的方法拿到的？

古泉跪在地板上，怡然自得地在紅地毯上畫了起來。春日和我都沒有阻止。反正在這棟怪屋內亂塗鴉，也不會有人管。

古泉畫的是骰子形狀的立方體圖。

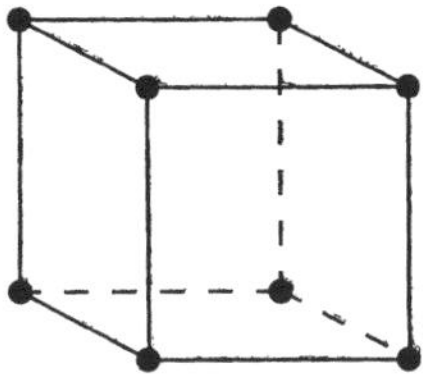

「如你所見，這是正六面體。頂點數是8，面數是正六面的6。邊數是12。8＋6－12＝2……確實如此，沒錯吧？」

這樣似乎還不夠，古泉又畫了新的圖形。

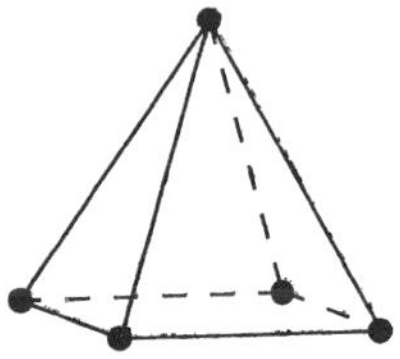

「這次我畫的是四角錐。算一算，頂點數有5個，面也有5面，邊則有8條。5＋5－8，答案還是2。諸如此類，即使面數逐漸增加到百面體，算出來的解答也必然是2的這個公式，就是尤拉的多面體定理。」

「是嗎？這樣我就瞭了。那……春日說的次元數又是什麼東東？」

「那個也是很單純。這個多面體定理不只適用於立體，二次元平面圖也能套用。只不過公式得變成『頂點＋面－邊＝1』，哥尼斯堡七橋問題的觀點就是從這裡出發。」

地毯上又生出了新的塗鴉。

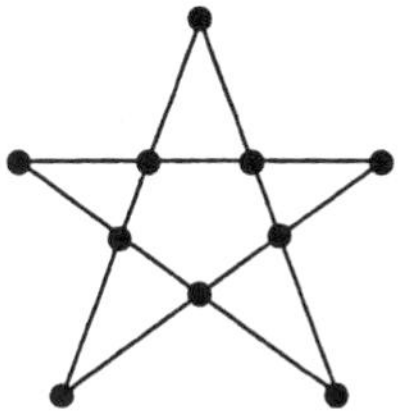

「如你所見，這是五芒星，一筆畫的星形。」

這回我自己數數看。頂點數有1、2……10個。而面則有……6面。邊數是最多的吧，呃……總共有15條。那就是10＋6－15——是等於1沒錯。

在我計算的期間，古泉已畫好了第四個圖。乍看很像是畫錯了的北斗七星。

「連這種亂畫的圖也適用喔。」

你實在不用這麼麻煩。好吧，既然都畫好了，我就姑且算一下。呃……點數是7，面是1，邊…算是7吧?原來如此，結果還真的是1。

古泉綻露燦爛的笑容，將油性筆的蓋子蓋上。

「總而言之，三次元的立體等於2，二次元的平面就變成1。記住了吧?再來看這個算式。」

筆尖指向大門的介面板。

「x－y＝（D－1）－z。x就是頂點數，由尤拉公式可以推算出y就是邊數。拐個彎才看得出來的是本來在左邊的z，也就是面數，被移到了右邊，加上了負數符號。而這個（D－1），代入立體是2，平面是1的尤拉公式中，若是三次元，D就是3，二次元就是2。這個D字母就是Dimension——次元的D開頭。」

我默默聽下去，聚精會神在動腦。嗯。基本上我瞭解了。原來面板上的算式和尤拉先生發明的五四三定理有關，明白了明白了。

「然後呢?」

我問。

「這道數學算式的答案是什麼?x、y、z的方框各要放那些數字進去?」

「這個嘛——」

回答我的是古泉。

「沒有原始的多面體或平面圖參考的話，我也解不出來。」

你這不是廢話嗎！那個東西在哪裡？你說的那個什麼原始圖形要上哪去找？

不知道——古泉聳了聳肩，我越來越焦燥不安。

就在此時——

用像是被考倒了神情看著方程式的春日，突然想到似的大叫一聲：

「這種事情根本無所謂——對了，阿虛！」

嚇人啊妳！

「待會你要去看有希喔！」

不用妳說，我也會去看她。但妳犯得著這樣盛氣凌人指使我嗎？

「因為那丫頭夢囈著你的名字啊。雖然她只說了一次。」

我的名字？那個長門嗎？夢囈？

「她是怎麼叫我的？」

「就是『阿虛』啊！」

長門不曾叫過我的暱稱，一次也沒有。啊，應該說是，不管是本名或綽號，長門都不曾指名道姓叫過我。那傢伙和我面對面談話時，向來是用第二人稱代名詞……

我感到不定形的感情薄霧正裊裊從胸中昇起。

「不……」

古泉提出了異議。

「那真的是『阿虛（KYON）』嗎？有沒有可能是妳聽錯了？」

這小子幹嘛？對長門的夢話也有意見嗎？

可是古泉並沒有看我，而是直視著春日。

「涼宮同學，這件事情非常重要。請妳好好回想。」

在古泉而言，這算是很強勢的語氣了。春日也感到有點意外，眼睛斜斜往上吊，沉思了起來。

「對喔…其實我聽的也不是很清楚，有可能不是KYON。況且她又講得很小聲。搞不好是HYON或ZYON也說不定。總之不會是KYAN或KYUN。」

「原來如此。」

古泉滿足的說。

「也就是第一個音節不清楚，只有聽到語尾就對了。哈哈，原來是這樣。長門同學想說的一定不是KYON，也不是ZYON，而是『YON（四）』。」

「四？」我說。

「是的，正是數字的『4』」。

「是4又怎樣……」

我打住了。抬頭看著算式。

「喂！」

春日不耐煩地嘴嘟得老高：

「現在沒有那個美國時間玩數字猜謎！請擔心一下有希好嗎？真受不了你們！」

甩著冰枕，眼睛怒瞪成三角形：

「待會一定要來看有希喔！聽到沒有！」

大吼特吼之後，就蹬！蹬！蹬！上樓去。我們目送她離去，一等她在視界完全消失，古泉才發話。而且聲音和表情充滿了自信。

「條件總算都湊齊了。這樣就解得出x、y、z是什麼數字了。」

「請回想一下我們剛才體驗過的現象。就是涼宮同學以為那是夢，我卻覺得有種模糊不清的真實感的冒牌貨事件。」

古泉再度握筆彎下腰來。

「畫個圖標示誰的房間出現誰的幻影好了。」

只見古泉首先在紅地毯上畫下一點，並在它的旁邊寫下「虛」。

「這是你。到你房間去的是朝比奈學姊吧。」

從那個點往上延伸成一直線，末尾穿入一點，記上「朝」。

「朝比奈學姊的房間，是涼宮同學登場。」

這次，他從標示「朝」的那一點，斜斜地朝左下方畫線，並在新的一點上寫下「涼」這個字。

「涼宮同學的房間來的人則是你。」

從「涼」點延伸出去的線和「虛」點會合，完成了直角三角形。

「然後，來我的房間的人也是你。啊，應該說是很像你但不是你的人。我相信你就算是瘋了，也不會做出那種事來。」

從「虛」點向下畫線，點出一個「古」點。

「長門同學也說是你來到她房間。」

這時候，我也發現了。在從我的標示點向右延伸的線頭點上一個「長」點後，古泉將筆蓋套上，打出結束的訊號。

「一切都是息息相關。有點像是在夢中又像是現實的冒牌貨，正是長門同學讓我們看到的幻影。」

我目不轉睛地看著古泉繪出的最新圖形。直愣愣地瞧。

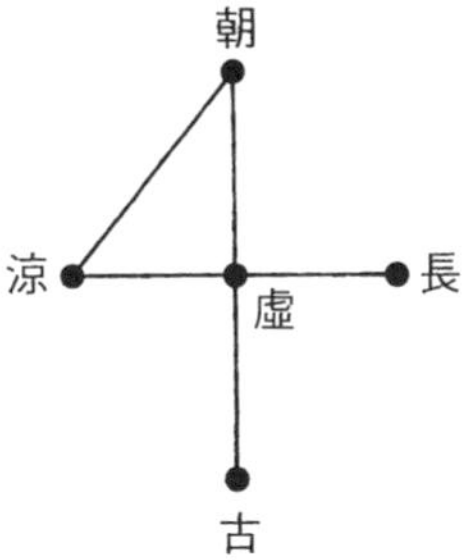

正是一筆畫的「4」。

「只要將這圖套用到門上的算式計算就行。這正是我們和我們看到的冒牌分身的相關圖。因為是平面的，所以D就是『2』。」

古泉的解說比我的心算還快，

「套用這個圖，頂點數就是我們的人數，也就是『5』，面數就只有你和涼宮同學、朝比奈學姊所構成的三角形，所以是『1』，邊數全部加起來是『5』。」

輕輕用手撥了撥瀏海，古泉笑著說：

「x＝5，y＝5，z＝1。這就是解答。兩邊相減的結果正好都是0。」

我連佩服或讚嘆的時間都省了，連忙去拿數字方塊。三個。既然答案都出來了，那還等什麼！

可是古泉似乎還有疑點沒釐清。

「我害怕的是，這會不會是刪除程式？」

先問了再說。那是什麼？

「假如我們真的是被複製出來的虛擬人物，就沒有必要特地從這個異空間出去。只要原始版安穩地留在現實世界就夠了。」

古泉輕輕兩手一攤。

「正確回答出這個算式就會發動的裝置，目的說不定就是要將我們這些備份刪除。這對我們來說，無異是自殺行為。你想在此永遠渡過一成不變的知足人生，還是寧願被delete？你認為哪一個好？」

哪一個都不好。我雖然沒有長生不老的奢望，但也沒絕望到巴不得現在就消失。我就是我。沒有任何人可以取代我。

「我相信長門。」

連我自己都對自個聲音的平穩感到吃驚。

「我也相信你。我認為你提出的解答是正確答案。不過，僅止於這個方程式的解答。」

「原來如此。」

古泉彷彿會傳心術似的，溫柔的笑了。接著他往後退了半步。

「那就交給你決定了。萬一有什麼差錯，我也會跟在你和涼宮同學身邊。因為那是我的工作，也是我的任務。」

你高興就好。樂在其中最重要。畢竟世上能讓自己做得很開心的工作並不多。

古泉微微收斂了笑意，神情帶著幾分認真。

「假設，我們真的能回到正常空間，那我就跟你做個約定。」

以平穩的語調說著。

「今後，不論發生了什麼將長門同學逼入絕境的事情，儘管那對『機關』而言是再好不過，我也會背叛『機關』一次，站在你這邊。」

幹嘛站在我這邊？站在長門那邊才對。

「在那種情況下，你一定會率先站出來力挺長門同學。我幫你，就等於是在幫長門同學。只是幫得有點拐彎抹角。」

嘴角微微扭曲。

「對我個人而言，長門同學也是重要的夥伴。到那時，我會幫助長門一次。雖然我是『機關』的一員，但我更是ＳＯＳ團的副團長。」

古泉看著我的眼神充滿了大愛，臉上的神情有著關閉自己退路的毅然，以及放棄了自我申辯權的滿足。既然如此，那我也不客氣，朝自己的想法一意孤行了。

十二月中旬——我一個人孤零零地被留在陌生的世界裡，四處奔波才得以逃出。所以這次我自然也會這麼做。和當時不同的，這次我不是孤軍奮戰，而是和ＳＯＳ團全員齊心合力逃離這鬼地方。龍宮城不值得留戀。要消失的也不是我們，而是這個空間。

我毫不猶豫地將方塊各自放進既定的方框裡。

喀——小小但很清脆的聲音。很像是開鎖的聲音。

我屏氣凝神握住門把，用力！

大門緩緩開了。

「——」

過去，我也曾有過驚愕到說不出話來的時候。或是呆若木雞；或是驚愕莫名；或是恐懼不已，形形色色的體驗讓我的腦海頻頻轉著：「奈A安呢？」，但是碰到像眼前這般時間和空間扭曲得有如牛的胃腸的景象，就算我有如殺蟲劑毒殺之下仍能苟延殘喘的小強那般耐命，撐不過去也是不足為奇。

看樣子，不先撤回不行。

將重重的大門完全打開的我，

「──────」

陷入了不管多努力都無法發出聲音的狀態。

我不敢相信自己的眼睛。為什麼我的視神經傳導到大腦裡是這樣的光景呢？是我腦筋錯亂了？還是視網膜或水晶體不敷使用了？

刺目的光線照得我頭暈眼花。明亮的陽光從上空照射下來。

「──這是……」

天氣是好到讓人打噴嚏的大晴天。別說是暴風雪了，空中連片雪花都沒掉下來。放眼望去淨是無垠的藍天，天邊連一朵雲都沒有。有的只是……

橫切過視界的滑雪吊椅纜線。晃動的登山吊椅上坐的是雙雙對對的滑雪情侶。

我踉蹌的足踝，不知怎麼搞的，重得抬不起來。

是雪。我陷入雪地裡了。閃閃發光的白色大地迷眩了我的眼，讓我更加發暈。

突然覺得不對，抬起頭看，一個疾速衝來的人影從我身邊呼嘯而過。

「嗚哇!?」

我反射性的跳了開來，以視線追逐人影。那視我為障礙物避開的，是踩著carving ski（註：板面幅度較一般滑雪板寬，板緣較利，迴轉滑順。又稱為湯匙滑板）的滑雪客。

「這裡是……」

滑雪場。毫無疑問的。不用仔細看，就可以看到滑雪遊客。形形色色的滑雪樂，極為自然地映入眼簾。

我看向旁邊。覺得肩膀好重，原來是揹著滑雪板和雪杖。接著我又看向腳下，我的腳上穿著滑雪靴。而我身上穿著的，是從鶴屋家別墅出來時分配到的滑雪裝。

我急忙轉向背後張望。

「啊……?」

朝比奈學姊活像是兒童節的鯉魚旗，嘴巴張得開開的，眼睛也睜得大大的。

「太神奇。」

古泉愕然地望著天空。我們兩人都穿著眼熟的服裝，當然不是T恤嘍。

那棟怪屋消失得無影無蹤。看來是不會出現了。這裡只是單純的滑雪桃花源。地圖上沒標示的奇怪洋房蒸發得連粒水蒸氣都沒了。

……換句話說。

「有希!?」

春日的聲音聽起來像是在我前面，我連忙運轉臉部和眼球搜尋。

只見春日緊緊依偎著長門，將她從雪上扶起來。

「妳要不要緊?有希?妳還在發高燒呢…咦?」

春日就像隻探出巢穴外窺伺的啼兔（註：兔目啼兔科哺乳動物，棲息在岩石地帶，體長約15公分，外型近似老鼠，又稱為鼠兔。耳短呈圓形，無尾，分布在西伯利亞、中國東北部、北海道一帶。）四處張望。

「奇怪了……剛才我們還在洋房裡啊。」

然後，她也發現到我。

「阿虛，好像不太對勁……」

我沒有回話，只是放下滑雪板和滑雪杖，跪在長門身旁。春日和長門身上穿的，都是暴風雪前在滑雪場飆速度時的服裝。

「長門。」

我一呼喚，短髮微微動了一下，緩緩地抬起頭來。

「……」

撲克臉依然撲克，大小也依舊的瞳孔望著我。渾身是雪的長門，就這樣視線一直固定在我的臉上不動。

「有希！」

把我撞出去的是春日。只見她抱住長門。

「我實在不明白發生了什麼事。但是……有希，妳醒了？還在發燒嗎？」

「沒。」

長門淡然回答，自己站了起來。

「我只是跌了一跤。」

「真的嗎？可是妳之前在發高燒……咦？怪了？」

春日將手放在長門的額頭。

「真的耶！妳沒發燒了。可是……」

眼睛朝周圍轉了一圈回來。

「咦？暴風雪呢？洋房呢？……不會吧？那不像在作夢啊。咦咦咦？難道…那真的是夢？」

別問我。就只有妳，我不提供有問必答的服務。

當我打算裝蒜到底時，就聽到中氣十足的一聲「喂——！」從不遠處傳來。

「怎麼啦——？」

滑雪斜坡角度較為平緩的滑雪場山麓，有兩組人影正在揮手。

「實玖瑠！春日——！」

發聲的是鶴屋學姊。在她附近佇立著三座大中小雪人，旁邊還跟了一個跟中型雪人差不多高的人影。那個看著這邊，活蹦亂跳的身影正是我妹。

我重新掌握我們的所在位置。

我們就在距吊椅乘坐處不遠，初級滑道下來一點點的地方。而且五人都在。

「唉，算了。」

春日似乎不打算再深究下去，

「有希，我揹妳，快上來。」

「不用了。」長門說。

「一定要！」春日的語氣十分堅定，「我不是很明白發生了什麼事，也不明白自己為何會不明白，但妳實在太勉強自己了。妳現在雖然沒發燒，但我就是知道妳人不舒服。妳一定要好好休養！」

不待長門表示意見，春日就將她揹了起來，朝不斷在揮手的鶴屋學姊和我妹跑過去。速度之快，恐怕連全新的除雪車也望塵莫及。假如冬季奧運有揹人雪地百米賽跑項目，春日絕對會無庸置疑摘下金牌。

在那之後，

接到鶴屋學姊的聯絡，新川先生開車來載我們。

長門似乎對把自己當作病人看待的春日有點抗拒，以長門式宣傳訴說自己有多健康，但我丟給她的眼色多少產生了點效果，最後她總算默默照著春日的話做。

長門、春日、朝比奈學姊和我妹坐車先回別墅，我、古泉和鶴屋學姊則用散步的方式慢慢走回去。

途中，鶴屋學姊起了這麼一個頭：

「好奇怪，大家就突然扛著滑雪板用走的一步一步走下山，是發生了什麼事嗎？」

呃，沒有暴風雪嗎？

「嗯？啊，你是說那場下了十分鐘左右的大雪啊？沒那麼誇張啦。那只是短暫的驟雪。」

看樣子，我們在雪地中打轉，在怪屋中耗上大半天，對鶴屋學姊不過是幾分鐘的光景。

鶴屋學姊以精力充沛的步調與語調說：

「我還在奇怪你們五人怎麼會東一掛西一串的下來呢。定睛一瞧，原來是帶頭的長門跌了個狗吃屎啊。幸好她很快就爬起來了。」

古泉只有微微苦笑，一句話也沒說。我也沒有說話。置身事外靜靜觀察我們的第三者——此時我是指鶴屋學姊——對她來說，我們看起來就是那樣。那麼，就以她的看法為基準吧。我們是到過夢幻或是幻想世界沒錯，但是這裡是現實世界，原始版的世界也是在這一邊。

我們默默地走了一陣子，鶴屋學姊突然又咯咯笑了起來，嘴巴湊近我的耳邊。

「阿虛，我問你喔。」

請說，學姊。

「我看得出來，實玖瑠和長門和普通人不太一樣，想必春日也不是泛泛之輩吧？」

我認真審視鶴屋學姊，發現她開朗的臉容上，有的只是再單純不過的開朗後——

「學姊也發現啦？」

「老早就發現了！只是我還沒摸清楚她們的底細。不過，她們背地裡一定在從事什麼怪怪的事吧？啊，這事不要跟實玖瑠說喔。那小孩一直當她自己是普通人！」

想必我臉上的反應一定相當有趣，才會讓鶴屋學姊捧著腹部咯咯笑個不停。

「嗯，可是阿虛你就很普通。因為你身上有和我一樣的氣味。」

接著，學姊又開始盯著我的臉打量起來。

「算了。我可不是要跟你打聽實玖瑠是什麼人喔。肯定也會讓你很難回答的。管她是什麼人，朋友就是朋友嘍！」

……春日，別再搞榮譽團員或是名譽顧問那一套名堂了，直接把鶴屋學姊延攬進來當正式團員吧。搞不好這位思想豁達的學姊會比我更適合扮演通情達理的普通人角色。

鶴屋學姐以相當輕鬆自在的動作拍拍我的肩膀，

「實玖瑠就麻煩你多照顧了。那小孩要是有什麼事不敢找我幫忙的話，你要多擔待一點喔！」

那是…………一定要的。

「不過啊……」

鶴屋學姊的眼睛閃閃發亮：

「當時的電影，就是校慶那部。裡面的特效，都是真的嗎？」

不知道古泉是不是聽到了，我從眼角瞄到那小子不置可否的聳了聳肩。

一回到別墅，長門就被春日押到自己的房間上床休息。

先前在那棟怪屋時的呆滯木然感，如今在那張白皙的臉龐上已不復見，取而代之的是往常在社團教室看書的沉靜神情與氣息。她是那位偶爾會因外界的風吹草動有些許的感情動搖的，我所熟知的長門。

簡直像是附身於床鋪的床母一樣，朝比奈學姊和春日全坐在長門的枕邊，老妹和三味線也隨伺一側待命。大概是在等後來才進入長門房間的我、古泉和鶴屋學姊吧，全員到齊後，春日就說：

「喂，阿虛。不知為何，我一直覺得我作了個感覺很真實的夢。我夢見我們到了一棟洋房，在裡面洗了澡，還做了熱騰騰的三明治來吃。」

妳看到幻覺了——我正想這麼跟她說時，春日又繼續說：

「有希說她不知道，可是實玖瑠說她也記得和我相同的事。」

我向朝比奈學姊看了一眼。惹人憐愛的茶水小姐以「對不起……」的眼神回應我。

這下麻煩了。我本來打算用幻覺或是白日夢搪塞過去的，以致於一時想不出什麼好理由解釋為何她們兩人會作一樣的白日夢。

當我思索要如何騙過春日時。

「是集團催眠。」

古泉擺出「唉唉唉，交給我吧。」的表情看著我，插話進來。

「其實，我也有差不多的記憶。」

「你是說，你中了催眠術？我也是？」春日說。

「這不是人為的催眠術。畢竟催眠這種東西，以涼宮同學的個性而言，假如事先宣告要對妳施以催眠，妳反而會起疑心，催眠不見得會生效。」

「的確。」

春日陷入了沉思。

「但是別忘了，我們在只看得見白色風雪的風景中以一定的速度來來回回走了好幾趟。妳曉得HIGHWAY HYPNOSIS現象吧？在一直線的高速公路上快速開車行駛，等間隔的路燈風景會誘使駕駛人進入催眠狀態，使其睡著的現象。極有可能我們當時也置身於同樣的狀況。坐電車時常會打瞌睡，也是因為電車的晃動有一定的規律性。這就跟哄嬰兒睡覺，要慢慢又規律地拍拍他的背，是同樣的道理。」

「是這樣喔？」

春日露出「我是第一次聽說」的神情，古泉則是深深地點了點頭：

「就是這樣。」

繼續鼓起如簧之舌：

「我們在暴風雪中行進時，好像有人這麼說：真希望有棟屋子可以避難，而且最好屋裡樣樣齊備，非常舒適……之類的。再怎麼說遇難的人精神狀態都不會好到哪去，在精神到達極限的狀況下，出現多不可思議的幻覺都不奇怪。故事書裡，在沙漠迷路的旅行者不也常常會看到綠洲的幻影嗎？」

臭古泉，你這話轉得真是漂亮！

「嗯……也對啦。所以我們看到的就是那麼回事？」

春日歪著頭看著我。

應該是。我也頻頻點頭稱是，努力擠出恍然大悟的表情。古泉趁勢再推一把：

「長門同學跌倒的聲音讓我們清醒，回歸到現實。一定是這樣，不會錯的。」

「聽你這麼一說，好像真的是這樣……」

春日的頭又更歪了，不過很快就回復原樣。

「算了，就當是這樣吧。本來嘛，哪那麼剛好在我們遇難時就有一棟屋子可以避難。我的記憶也越來越模糊了。就像是在夢中作夢一樣。」

對對對，那是夢。那棟怪屋也是子虛烏有的房屋。不用太在意。那純粹只是我們精神疲勞所引起的幻覺。

讓我掛心的只剩下另外兩名非ＳＯＳ團成員的局外人。我看向鶴屋學姊。

「嗯嘿！」

鶴屋學姊笑著對我眨眨眼睛。我解讀她的表情，解出了「也好啦。就當作是這樣吧。」心照不宣的暗碼。不過也可能是我想太多啦。鶴屋學姊之後就沒再說話，只是掛著一貫的鶴屋招牌笑容，未發表任何評論。

至於另外一人——我妹，早就靠在朝比奈學姊的膝上找周公去了。雖然她醒著時和喵喵叫的貓咪一樣吵人，但是睡著時就可愛極了。朝比奈學姊也是一副有妹萬事足似的看著我妹的表情。可想而知，朝比奈學姊和我妹根本就沒把古泉的後半段解說聽進去。

在地板上整毛的三味線，抬頭對我喵了一聲。彷彿是在跟我說：安啦。

折騰了老半天，終於！冬季合宿第一天的夜晚終於來臨了！

長門似乎在床上待不住，但總在千鈞一刻被又吼又跳的潑猴春日用棉被壓制住。

我是這麼想，其實根本不用勉強長門睡覺。就算睡著了可以作好夢，醒來後那畢竟也只是一場夢。重要的是我們都在一起。不管在多麼如夢似幻的舞台上像作夢一般活躍無比，假如那是一旦眼睛睜開，就會強制終止的幻覺的話，根本就沒有意義。關於這點我已有相當深的體認

——

我決定將一些事情先擱著。像是那棟雪山怪屋究竟是什麼來歷，春日是否真的相信古泉天花亂墜的說詞都有待日後再來查證。雖說她現在忙著照顧長門，其他事似乎統統都無所謂。

莫名的，我想到外面透透氣，也間接逃開了春日的魔音傳腦。在都市不曾見過的星空和反射星光的那面白銀異常醒目，不知為何我一點也不覺得寒冷。

「可是，」

明天就是這一年的最後一天了。古泉精心製作的推理劇即將於除夕隆重推出。春日也會竭盡全力做她的最後衝刺吧。

管它的，船到橋頭自然直。我只要在事件到來前充分休養生息即可。這對長門來說也是少有的機會。管她平時何時就寢，或者她需不需要睡眠都無關緊要，這時候是最能讓她好好放鬆自己，徹底滿足睡眠慾望的時候。來把三味線放進她的棉被裡吧，真是絕佳的妙點子。現成的保溫熱水袋，多好！

我面向一望無際的雪原，喃喃自語。

「今晚就好，拜託不要又吹起暴風雪。」

假如入睡後的長門會作夢的話，至少今晚許她一個美夢吧。

起碼我個人完全沒有不希望她做個美夢的理由。

順便再跟群星許個願望。雖然今天不是七夕，也不是除夕，和織女星與牛郎星的故事更是八竿子打不在一塊，但是宇宙的恆星何其多，只要其中一顆星星受理我的心願就行了。

「但願明年是個好年。」

拜託了，星星上的某人。

後記

「漫無止境的八月」

動筆寫這篇時，用稿紙換算的話，正好用完百來張。其中大約有二十張左右是用在《The Sneaker》的短篇連載稿。想說機會難得，就回到初期的寫作模式試試看。雖然我的寫作態度依然是兢兢業業，但是心情上就是比較輕鬆。

「射手座之日」

雖然無關緊要，但我還是要澄清一下，我對遊戲的命名並沒有作品中那麼講究。畢竟我一年能玩一款遊戲玩到破關就偷笑了。順便一提，我最近最常玩的，而且都會玩到最後一關的遊戲是《Linda[3]》。真的很有趣。我也該買一台Dreamcast了。

「雪山症候群」

這是我新寫的中篇作品。也是最長的一篇。會自動縮短文字整合版面的編輯工具不知掉到哪去了——我最近常會這麼想。

寫這篇作品時，我購入了下列書籍作為參考資料。在此致上十二萬分的謝意。

・《費馬大定理》西蒙・辛格（Simon Singh）著　青木薰譯（新潮社）

・《圖形妙趣橫生》大野榮一著（岩波少年新書）

此外，本作中使用的公式或是解說上若有任何不當之處，純粹都只是我的腦細胞不足，除此以外沒有別的原因，還請見諒。

最後，請容本人致上最深的遺憾。

二〇〇四年七月十五日，吉田直先生與世長辭了（註：《聖魔之血》系列小說作者）。

回想起來，我得以與吉田先生碰面，是在角川書店新春感謝會當天，我幸獲Sneaker大賞的授獎典禮結束之後。那是在我接到電話通知十天後。當時的我只是個與門外漢無異的新人。這樣的門外漢在諸多名聲顯赫的文人雅士齊聚一堂的感謝會會場，所能做的就只有跟在編輯先生後面向許多文壇前輩打躬作揖、做做自我介紹。

就在我的緊張感高漲到極限時，一位形象清新的男士朝我走來。他展露愉悅的笑容，拍拍我的肩膀說：

「唷，後進！」

那位仁兄，正是吉田直先生。

唷，後進！——當時吉田先生跟我說的話裡，再沒有比這更實在又明快的一句了。

在那之後，吉田先生跟腦漿凍結，全身僵硬得只吐得出「沒有沒有」或是「哪裡哪裡」等簡單客套話的我，聊了兩三句之後，又綻開爽朗的笑容：

「那麼，再會。」

就翩然離去。那是我第一次，也是最後一次見到吉田先生。

我在那之後就得了流行性感冒，連躺三天，好不容易恢復神智，回想起當時的應答就後悔不已，耿耿於懷。因此我下定決心，下次再有機會見到吉田先生，一定要主動打招呼，也事先擬好了開場白。

不料，我卻錯失良機，永遠失去和吉田先生暢談的機會了。但是，我深信吉田先生的在天之靈，一定聽得到我在此一角的呼喚。

因為我準備著喊他這一聲，準備很久也等很久了。

「嗨，前輩！」

謹借此一角為吉田先生在天之靈祈求冥福。

谷川流

國家圖書館出版品預行編目資料

涼宮春日的暴走 / 谷川流作；王敏媜譯,——初版.　——臺北市：臺灣國際角川, 2005〔民94〕
面；　公分——(Kadokawa fantastic novels)

譯自：涼宮ハルヒの暴走
ISBN 986-7189-80-9（平裝）

861.57　　94019736

Kadokawa
Fantastic
Novels

涼宮春日的暴走

（原著名：涼宮ハルヒの暴走）

2005年12月28日　初版第1刷發行
2023年12月15日　初版第16刷發行

作　者：谷川流
插　畫：いとうのいぢ
譯　者：王敏媜

發 行 人：台灣角川股份有限公司
總 監：呂慧君
總 編 輯：蔡佩芬
主　編：林秀儒
編　輯：黎夢萍
設計指導：陳晞叡
美術設計：莊捷寧
印　務：李明修（主任）、張加恩（主任）、張凱棋

發 行 所：台灣角川股份有限公司
地　址：104台北市中山區松江路223號3樓
電　話：（02）2515-3000
傳　真：（02）2515-0033
網　址：www.kadokawa.com.tw
劃撥帳戶：台灣角川股份有限公司
劃撥帳號：19487412
法律顧問：有澤法律事務所
製　版：巨茂科技印刷有限公司
ISBN：978-986-718-980-6